異能持ち薄幸少女の最愛婚

～狼神様の前世から続く溺愛で、三つ子ごと幸せな花嫁になるまで～

m a r m a l a d e b u n k o

真彩-mahya-

マーマレード文庫

目次

異能持ち薄幸少女の最愛婚
～狼神様の前世から続く溺愛で、三つ子ごと幸せな花嫁になるまで～

異能持ち薄幸少女の最愛婚

～狼神様の前世から続く溺愛で、三つ子ごと幸せな花嫁になるまで～

序章

威月《いづき》は思う。

幾年月日《いくとせ》が経とうとも、人間の本質というものはそうそう変わらない。

彼が神の眷属《けんぞく》として誕生し、少し経った頃にはもう、この国の人々は戦《いくさ》をしていた。

権力者は滅び、次の権力者もまた何者かによって滅ぼされる。

狭い国内で何度も同じような戦を繰り返し、血で土地を汚し、国の根源である神
――根源主たちと呼ぶ――を怒らせた。

その結果、大地は人間に復讐《ふくしゅう》する。

八百万《やおよろず》の神々がおさめる大地が、そこを借りているだけの人間に警鐘を鳴らす。

天は荒れ狂い、地は落ち着きなく人間やそれの建てたものを揺り動かした。

人々が泣き叫び、助けを求めるとやっと、根源主たちは怒りをおさめ、地を元通りにする手助けをした。現在から約千五百年前のことだ。

威月はその頃、まだ低位の神だった。

そして、現在から約百数十年前。

他国との戦で疲れ果てた世界を、未曽有《みぞう》の大災害が襲った。
どこからか発生した炎に街は焼かれ、降りやまぬ雨に、多くのものが押し流された。
根源主たちは、それを傍観していた。
大地を汚す人間たちを、彼らは蔑んでいたのだ。
彼らは鉄槌《てっつい》を下すだけ下すと、あとは根源主の眷属であった威月たち八百万の神に
この国の再建を命じた。
人の前に姿を現し、それぞれおさめる土地を再建した神々を、生き残った人々は崇《あが》
め奉る。
自分たちの愚かな行いを恥じ、これからは神や自然と共存しようと誓った。
(だがそれも、一瞬のことよ)
威月の口元からため息が漏れ、意識は現在に戻る。
彼は眷属である子狼たちが危機に直面しているのを察知し、追いかけにきた。
「それでも神の眷属か。ただの子犬じゃねえか」
とある森の中、成人男性の体ほどもある猿が威月の眷属の前に立ちふさがっていた。
猿の体をしているが、言葉を話す。
猿の言葉通り、二匹の眷属はコロコロした子犬のような外見をしている。

一匹は体毛が黒く耳が立っており、もう一匹は茶色の体毛で耳が垂れている。どちらも顔はそっくりだった。

（やはり妖《あやかし》か）

先の戦と大災害で、姿を現したのは八百万の神だけではない。

それ以前から陰で存在していた妖が、揺れ動く人々の心につけ込もうと、表に出てきたのだ。八百万の神は世界の再建に忙しく、妖を祓《はら》いきることができなかった。

妖とは、人の暗い心に影響された呪《のろ》いや物体、動物が「人に害をなすようになってしまったもの」を言う。

恐怖や不安が落ち着いたあとに世界にはびこったのは、欲望や嫉妬など、生きることに必死だった頃には忘れていた暗い感情だった。

妖はそこにつけ込み、人に憑依《ひょうい》し、暗い感情を養分にして太り、ついには魂を食らう。

つけ込む妖も悪いが、そもそもつけ込まれる人間が弱い。

人間はすぐに過去の失敗を忘れ、自分の利益のみを追求し、強者に媚《こ》びへつらい、弱者を虐げる。欲望、羨望、嫉妬などは妖の大好物だ。

それはさておき。直線距離で五十メートルほどの距離を、威月は一気に詰めた。

木々の間を縫い、飛ぶように現れた威月に猿妖《えんよう》は気づく。

猿妖はキャンキャンと吠えていた茶色の眷属の首を咥《くわ》え、太い木の枝に飛び乗った。

「ちっ」

人質にしたつもりなのだろう。威月は舌打ちする。

猿妖は身軽に木々の枝を飛んで威月から逃げる。

威月と黒い眷属はそのあとを追った。

怒りで力を顕現させる眷属もいるので少し様子を見ていたが、咥えられた眷属は猿妖の妖気にあてられたのか、ぐったりしてしまっている。

(このままではいけない)

もうすぐ森を抜け、人の住む場所へ出る。

神も妖も人の目には見えないが、彼らの住む場所を荒らすことはできてしまう。

この森は太古から存在していたが、最近になって人間に切り開かれ、一部を森林公園とされてしまった。

そこに住んでいた猿妖が怒りに任せて人を襲ったり土地を荒らすので、土地の神が困って威月に相談をもちかけた。そして威月が調べにきて早々、猿妖に出くわしたというわけだ。

猿妖は素早く、威月の手を幾度となくかわし、逃げていく。
とうとう公園が見えてきた。
舗装された散歩道には、ひとりの少女が歩いている。
まだ幼い、痩せた少女。年は七つくらいだろうか。
その姿を威月が認めるのと、猿妖が枝から降りるのはほぼ同時だった。
猿妖はあろうことか、少女の目の前に着地した。
「お猿さん？」
少女が怯えたようにあとずさる。
猿妖はぺっと眷属を吐き出す。彼は地上に叩きつけられてキャインと悲鳴を上げた。
「あっ子犬さん！」
眷属が苦しそうに転がる。少女は彼に駆け寄り、キッと猿妖を見上げた。
「いじめちゃ、めっ！」
威月はその様子を呆気に取られて見ていた。
自分を睨《にら》みつける少女を、猿妖はにいいと口の端を上げて見下ろす。
次の瞬間、猿妖の口が裂けたように大きく開いた。
このままでは少女が食われる。

「やめろ!」

威月の手のひらから炎が燃え上がった、そのとき。

なんの前触れもなく、まばゆい光が溢れた。

「ギャアアッ」

猿妖の口から、しわがれた声が零れ出る。彼は眩《まぶ》しそうに手で顔を覆い、少女の足元に転がった。

威月は自分の目を疑う。光を発しているのは、少女だった。

彼女の双眸《そうぼう》はあらゆる角度からの光を反射し、五色に光る。

威月はその目に見覚えがあった。

翡翠《ひすい》、若紫、露草、牡丹《ぼたん》、黄檗《おうばく》。

大きな瞳に色が現れては消え、消えては現れる。

(あの人に似ている)

威月が少女に目を奪われている間に、猿妖は衣を引き裂くような悲鳴を上げて虚空に散った。妖の黒い残滓《ざんし》が、威月の目の前を舞って消える。

(妖を祓った……)

少女は地上に叩きつけられた眷属に駆け寄り、その体をさすっている。

「子犬さん大丈夫？　怖かったねえ」

優しく声をかけ、眷属を心配そうに見つめる少女。

「そなた、我らが見えるのか」

普通の人間には神も妖も眷属も見えるはずはない。しかし少女には、すべてが見えているようだ。

威月が問うと、少女はこくりとうなずく。視線はしっかりかち合っている。やはり只者《ただもの》ではない。

「我《われ》が誰かわかるか？」

遥か遠い昔に出会った者のことを、威月は思い出していた。

かの者も五色に光る双眸を持っていた。

「かみ……さま？」

彼女は普通の子供らしくオドオドした様子で返事をする。

密かな落胆が威月の胸に落ちた。

人間は生まれ変わる。

あのような目を持つ者は、この数千年でかの者しかいなかった。

彼女はかの者の生まれ変わりに違いない。しかし、少女は自分に見覚えがないようだ。記憶を失っている。

仕方がない。人間は新たな人生を生きるために生まれ変わるのだ。根源主がそう仕向けているから、人は皆《みな》、過去を忘れて生まれてくる。

落胆と諦念を隠し、彼は美しく微笑《ほほえ》む。

「怪我はないか」

しゃがんだ威月は、少女の小さな頭を撫《な》でる。少女は頬を赤く染めた。

「かみさまがお猿さんをやっつけたの？」

尊敬のまなざしで見つめられ、威月は戸惑う。

どうやら彼女は、猿妖を祓ったのは威月だと思っているらしい。

「我ではない。そなたの眼光が」

話そうとして、口を噤《つぐ》んだ。

幼子に威月が説明しようとしていることを理解せよと言うのは酷だ。

彼女は無意識に、潜在している力を一時的に解放したにすぎないのだろう。

成長とともに力が強くなる者もいるし、力を覚醒させることなくただの人として一生を終える者もいる。

「なぜこんな場所にひとりでいる」

少女が広い公園にひとりでいるのを不審に思って聞くと、少女は「迷ったの」と心細そうに言った。誰かとはぐれてしまったらしい。

五色に光った目は、ただの黒真珠の色に戻っていた。

少女はしょんぼりとしている。

「家に帰れそうか」

「えと……わからない……です」

蚊の鳴くような声で言ったあと、少女は深くうつむいた。

神と話すのに緊張しているのもあるだろうが、迷った心細さのほうが勝っていそうだ。

「ならば、こやつらに道案内をさせよう」

威月は眷属二匹を抱き上げ、少女の前に置いた。

ぐったりしていた茶色のほうも、威月が手をかざせばすぐに元気になった。

「ついでに、仲良くしてやってくれぬか」

「子犬さんもらっていいの？」

厳密には狼なのだが、子犬にしか見えないのはたしかだ。

「ああ、頼んだ。こやつらはそなた以外には見えぬ。そこは注意しろ。ちなみに、餌も水もいらぬ」

「はいっ！　わかりました！」

少女が二匹を笑顔で抱き上げる。二匹も猿妖を倒した少女に親しみを感じているらしく、うれしそうにじゃれついた。

（やはり似ている……）

威月は改めて確信した。この少女は、かの者の魂を持っている。

やっと会えた。

気の遠くなるほどの長い年月を経て、やっとかの者の魂に巡り会えたのだ。

熱いものが威月の胸に込み上げる。

彼は衝動のまま、少女を胸に抱き寄せた。

このまま攫っていってしまいたいような気もしたが、よく考えればこれほど幼い体では神世に行くのは難しいと彼は気づく。

人の世と神世の境目を通るのは神にとってはなんでもないが、人にとっては心身にとても負担のかかることなのだ。

「もう我は行かねばならぬ」

「え……」

「そなたが大人になったら、また会いにくる。いいか」

体を離した威月は、少女に微笑む。少女は赤い顔でこくりとうなずいた。

「さあ、行け」

別の人間が近づいてくる気配を感じ、威月は少女に帰宅を促す。

「そなたがなにかから助けてほしいとき、強い願いができたときは我を呼ぶがいい」

威月の言葉にうなずき、少女はぺこりとお辞儀をして小走りで去っていく。

彼はその小さな背中をいつまでも見送っていた。

この世界で妖や神が見える人間はまだ少ない。

表向きには尊い力とされているが、見えない人間からすれば本当のことかどうか判断しづらい。

これから成長する過程で、人と違うということは、それなりの苦労を生むだろう。

人間は変わらない。弱い生き物だ。

だが、弱い者のために動く彼女のような人間もいる。

威月は晴れた気分で天を仰いだ。

少女とまた、いつかまみえる日を思って。

奪われた立場

国立・神精《しんせい》学園高等部の一室に、ひとりの女性が呼び出された。

「吉岡紗那《よしおかさな》さん。あなたを狗神《いぬがみ》・喬牙《きょうが》様の花嫁に推薦します」

学園長から告げられ、紗那は息を呑んだ。

「あ、ありがとうございます！」

紗那が深くお辞儀をすると、頬のこけた学園長は眼鏡の奥の目を細める。

「喬牙様の奥様はすでにおふたりいらっしゃいます。きみは三人目です」

神は一夫多妻が許されている。おさめる土地の広さによって、その数は変わる。

紗那は小さくうなずいた。

「よく頑張っていい成績をおさめましたからね。ただ、最終的に決めるのは狗神様です。慢心せず、己を磨くように」

「はい」

紗那は差し出された封筒を受け取り、進路指導室を出た。

いつになく胸が弾み、足取りが軽い。

(やっと狗神様に会えるんだ)

紗那は渡された封筒を強く抱きしめた。

彼女は七つのときに出会った狗神に、恋をしていた。

ある日公園で、猿妖に虐められている子犬を見つけた。子犬を守ろうとした紗那の前に狗神が現れたのだ。

そのときの狗神の美しさを、紗那は今でも克明に覚えている。

陶器のような白皙《はくせき》、雪のように日の光を反射して煌《きら》めく銀髪。そして、紅玉のような瞳。

彼は甘い声で紗那にささやいた。

『そなたが大人になったら、また会いにくる』と。

もう今年で十九になるが、狗神からはなんのアクションもない。

忘れられてしまっている可能性もあるが、会ったら思い出してくれるかもしれない。

そんな希望を携え、紗那は狗神の花嫁募集に応募したのだった。

一瞬しか会っていないのに恋に落ちた、いやまだ恋をしているなどと言うと、笑われてしまうだろう。

しかし彼女は、彼に出会った日から、彼のことを思い出さない日はなかった。

どうしてだと聞かれてもわからないが、あの日から彼に惹かれて仕方がないのだ。

(この学園に来てよかった)

紗那は改めてそう感じた。

ここ、神精学園は、神について学ぶ者たちが集まる場所。

百数十年前、この国は度重なる戦争と災害でボロボロになっていた。

そんな国を救ったのが、八百万の神々だ。

神々は人間の目に見える姿で現世に現れ、荒れ狂う大地を宥め、人々を再生へと導いた。その甲斐《かい》あって、この国の技術水準は西暦二千年頃くらいまで復活した。

世の中が落ち着いたあとは、神はまた姿を隠した。ただ存在はそれ以前よりも人々の身近にあることとなる。人々もそれを感じ、信仰心を強めた。

それから月日が流れた現在でも、神と人は密接に関係している。

神に関わる事柄を統括する神精庁が設立され、そこや下部組織で働くことを目指す人材が通うのが、神精学園だ。

生徒の卒業後の進路は、神精大学に進む者、神事系に就職する者、一般の大学に進んだり一般企業に就職する者など、様々である。

妖を祓える能力のある者の中にはその戦闘能力の高さを買われ、妖討伐の任務にあたる者もいる。

学園は三年制の中等部と四年制の高等部から成り、希望したからといって全員が入学できるわけではない。まず、少しでも霊力があることが条件とされる。

その中で小学生のうちから神職の素質を開花させた者が、入学する資格を得る。

学園はひとつの都市を形成し、ある程度の霊力を認められた子供は幼いうちからそこで暮らすことを許されている。もちろん子供の家族も住居を構え、一緒に住むことができる。

学園で暮らすことは一般の国民にはできないことであり、栄誉なことと認識されていた。

広大な敷地の地下には地下鉄の路線が敷かれており、その路線の形は巨大な結界を形作り、神に仕える者たちを守護しているのである。

生徒の中でもひときわ家族の期待を受けているのが、女子生徒だ。

女子生徒はタイミングと条件が合えば、神の花嫁に推薦される。

神の花嫁となることは大変な栄誉であり、花嫁を輩出した家は神と国の庇護《ひご》を受け、永遠の繁栄を約束されると言われていた。

ちなみに男子生徒が女神の花婿になるパターンも皆無ではないが、数は少ない。女神はプライドが高く、同等かそれ以上の位の神を伴侶に選ぶことが多いのだ。

「紗那、いったいなんの話だった？」

教室の前の廊下で、紗那に声をかけたのは、友人の小春《こはる》。ふたりとも高等部四年生。

「えっと……」

もじもじしている紗那に小春が詰め寄る。

「もしかして、推薦？　そうでしょ。狗神様の花嫁の」

神は人間の花嫁を望む場合、学園の生徒から選ぶことになっている。

学園の生徒は素性や素質の有り無しがはっきりしているうえ、結界の効果で身の穢《けが》れが落ちているからだ。

「ねえ、どうなの」

小春の追及に、紗那はとうとう首を縦に振った。

みるみるうちに頬を赤く染めた小春が、バッと両手を上げる。

「やったー！　おめでとう！」

「ちょ、声が大きいよ」

教室から、他の生徒たちが何事かとふたりに注目する。

「だって、小さいときに会った狗神様にずっと憧れていたんでしょう。よかったねえ」

「お願い、静かにして。まだ決定したわけじゃないから」

必死に宥める紗那だが、小春の興奮はおさまりそうにない。

はしゃぐ彼女の後ろから誰かが歩いてくる。

危ないととめる間もなく、小春の手が後ろから来た者にぶつかった。

「あ、ごめ……」

後ろから来た者がじろりと小春を睨んだ。

同じ制服だがリボンの色が違うので下級生だとわかる。

彼女は紗那が持っている封筒に目を移す。紗那はそれを慌てて背後に隠した。

「廊下で騒ぐのはしたないと思われません？　ねえ、先輩」

漆黒の絹糸のような紗那の髪とは対照的な、明るい色の猫毛。

ポニーテールにしたそれを揺らして歩く彼女は、ふたりの連れを従えていた。

三人は圧倒される小春を無視し、紗那の横をすり抜けると思われたが。

「調子に乗るんじゃないわよ」

冷え切った声に、紗那は震える。紗那にしか聞こえない声で呟いた彼女は、なにもなかったかのようにスタスタと歩いていった。

「感じ悪～。従妹《いとこ》なのにえらい違いね」

「あはは……」

紗那は苦笑するしかできない。

ポニーテールの下級生は、吉岡穂香《ほのか》。紗那の従妹で、ひとつ下の十八歳。

きっと、小春との会話を聞かれていたのだろう。

そして彼女には、ちょっとした透視能力がある。封筒越しに中身を覗かれたかもしれない。

穂香は紗那の幸せを喜ぶような性格ではない。むしろなんとかその幸せをもぎとろうとしてくる。

だから咄嗟に体が動いて封筒を隠した。あとから知られることはわかっているのに。

内心ため息をつく紗那を、小春は心配そうに覗き込む。

「大丈夫だよ」

小春の視線に気づき、紗那は苦笑を重ねた。

その日の放課後には、紗那が狗神の花嫁に推薦されたことが全校に知れ渡っていた。

それは名誉なことであると同時に、嫉妬や逆恨みをされるネタでもある。

紗那は小春に連れられ、走って学校を出た。そのまますぐ近くの人気《ひとけ》のない喫茶店に入った。

「パレ・ロワイヤル」というどこにもパリ感がないのになぜこの名前にしたのかわからない店名の看板が、建物の二階壁面にドーンと取り付けられている。建物も古いが看板も色褪せていた。

ほとんど生徒には知られていないが、この喫茶店には無料で使えるパソコンが置いてある。ネットカフェの真似だろうか。

紗那は家のパソコンを自由に使えないので、たびたびここで調べ物をしていた。

店内では世界が滅びかける前に生産されたレコードが奏でる音楽が、ざらついた音質で大きなスピーカーから流れていた。

「それにしても紗那がねえ……ほんと、卒業寸前でよかった。間に合ったね」

神が花嫁募集をかけると、学園は希望者を募る。

希望を出すことができるのは、成人である十八歳以上の生徒。紗那は今十九歳。

当然のように大勢の希望者が現れたにもかかわらず、紗那はその中から選ばれた。

中等部は三年制、高等部は四年制。すべての課程を修了するまでに花嫁募集がかからない学年もザラだ。

それもそのはず、神は不老不死であり神同士の結婚もある。高位の神の花嫁は神籍《しんせき》に入り、同じく不老不死になる。

低位の神の花嫁でも人間の平均寿命をゆうに超える長寿となり、見た目も若々しく保たれる。なので、新しい花嫁を迎えようとする神が少ないのだ。

「でもちょっと寂しいな。もし紗那が狗神様の花嫁になったら、こうやって気軽にお茶できなくなるんだね」

小春は運ばれてきたアイスティーのストローをいじりながらうつむいた。氷同士がぶつかってカラコロと鳴る音がやけに響く。

「学園生活、紗那がいて楽しかったよ」

「小春、まだ花嫁になれるって決まってないし、狗神様は俗世に住んでいるから、会おうと思えば会えるよ」

「あ、そっか。でも卒業したら私は実家のほうに帰るから、どのみちなかなか会えなくなるよ」

小春の実家は遠方であり、そちらの神社に就職を希望する予定だという。

「そうかあ……」

狗神の花嫁になれなければ、紗那も就職先を探し、この学園を出ていきたいと思っている。

今のように小春と毎日会えなくなるのはたしかに寂しい。

しんみりしている紗那に、小春が懐かしそうに語りかける。

「中等部の修学旅行で、部屋に妖が出たことがあったじゃない？　あのとき、紗那がトイレから帰ってきたら妖がいなくなったんだよ。覚えてる？」

「覚えてる。偶然だって言ってるのに、小春は私が妖を祓ったんだって盛り上がってた」

紗那はクスクスと笑った。

学園では呪術や陰陽術についての知識も学ぶが、中等部ではまだ妖を祓える者はいない。一部の、生まれつきの素質や能力を持った者を除いては。

「あれは絶対紗那が祓ったのよ」

小春は頬を膨らませる。まるで頬袋に木の実を詰め込んだリスみたいで、紗那は余計に笑った。

「そういう力があるから、紗那が花嫁に選ばれたんじゃないの？」

「ないない。今までの成績で選んだんじゃないのかな」

「先生からなにか理由は聞いてない？」

「そういえば、書類をもらったっけ」

進路指導室から出るときに受け取った封筒を取り出す。

その中の書類に目を通した紗那の表情が硬くなった。

「どうしたの？」

小春の問いかけに、紗那はおずおずと書類をテーブルに載せた。

「調査書」と記載された表紙をめくると、小さな字で紗那の生い立ちが書かれていた。

紗那の両親はすでに他界した。そのため、穂香の実家である吉岡家に身を寄せている。

「両親が事故で亡くなったことは知ってたんだけど。ここ見て」

「なになに？　吉岡家はもともと古くからある巫女《みこ》の家系であり……」

「そこよ。そんなの、なにも聞いてない」

小春は「ええ？」と首を傾げる。

紗那は書類に目を落とした。

物心ついたときは、紗那は両親と暮らしていた。祖父母がいた記憶はない。紗那が生まれる前に亡くなったはず。

両親はごく普通の人間で、紗那が六歳のときに交通事故で帰らぬ人となった。

叔母夫婦に引き取られ、一緒に暮らすうちに妖や神が見えることを悟られて、神精学園の入試を受けることになったのだ。

自分が一般人と違うことは、幼い頃から気づいていた。

だが、吉岡家の先祖が巫女だったということは聞いたことがない。

太古の巫女は、神と人々とのパイプ的役割があり、神の力を増幅する能力があったと言われる。江戸《えど》時代までは直接高位の神とも対話し、人間界との調整役をしていた。

現代では巫女の家系の者はあやかしによるトラブルを処理する仕事をしていることが多い。高位の神には直接会えないのが普通だ。

「そうなの？　学園が調べたらそういう事実が出てきたってことで、叔母さんたちも知らないんじゃない？」

先祖が神職でも、時代の流れで一般人になっていった者もいるだろう。現代に武士がいないのと同じことだ。

「そうかな……」

紗那には妖や神を見て、対話する能力がある。

従妹の穂香は人外のものを見るのに加えて透視能力もあるが、妖を祓うことまではできない。

たしか母方の叔母、つまり穂香の母もそれほど強い能力を持っているとは聞いたことがない。その証拠に、今は専業主婦をしている。

「すごく遠い先祖の家系なのかもね」

遠い過去の話なら、紗那が知らないのも親類の力が弱いのも納得である。

考え込んでいると小春にまったく違う話題を振られ、紗那の思考はそちらに逸れる。

少し話をし、パソコンで課題の調べ物をしていたら外が暗くなってきたので帰ることにした。

「じゃあ、また明日」

「うん。じゃあね」

店の前で別れを告げる紗那の頭上で、ギシッとなにかが軋《きし》むような音がする。

ふと頭上を見上げた紗那が見たのは、留め具が外れたのか、大きく傾く「パレ・ロワイヤル」の看板だった。

「危ない！」

紗那は咄嗟に小春を突き飛ばした。霊力の防護壁を作る呪文を詠唱する暇もなかった。

その脳天を看板の角が直撃しようとした、そのとき。

「きゃあっ」

思いがけず突風が吹き、看板が紙のようにふわりと舞い上がる。

（えっ!?）

風はすぐにおさまり、看板は誰もいない道路に静かに落ちた。

まるで、誰かが見えない大きな手でそこに置いたみたいに。

紗那と小春は驚いて立ち尽くす。

店の主人が慌てて出てきて怪我がないかなど尋ねられたが、呆然としてしばらくなにも答えられなかった。


地下鉄に乗り、自宅マンションに着くまでに二十分もかからない。

三十階建てのマンションには学園関係者、生徒家族ばかりが住んでいる。

紗那は、小春とともに少し落ち着いたらすぐに帰宅した。

「ただいま帰りました」

一応リビングの戸を開けて挨拶をするが、中にいる誰からも挨拶は返ってこない。

紗那と同居しているのは、従妹の穂香、その両親の叔母夫婦。

叔母は紗那の母の妹だが、あまり似ていない。

リビングではテレビがついていて、その正面に穂香がいた。

「あの、今日学校で――」

推薦のことを話そうとすると、怒鳴るように穂香が言った。

「うるさーい。テレビ聞こえなーい」

ギクッと身を震わせた紗那に、叔母がおにぎりと野菜炒めを乗せたトレーを押し付けた。その顔にはどんな表情もない。

「もう聞きました」

穂香から、推薦の件を聞いたということだろう。

さっき学校で封筒を透視されたのか、噂を聞いたのか、それはわからない。

紗那はうなずき、音を立てないよう、そっとリビングのドアを閉めて自室に向かう。

(もう少しなにか言われるかと思ったんだけどな)

落胆半分、安堵《あんど》半分のため息をついた紗那がトレーを持ち上げて自室のドアを開けると、中から二匹の子犬が現れた。

「ただいま、夜《よる》、麦《むぎ》」

紗那は元気よくじゃれつく子犬たちを撫でてドアを閉めた。

二匹の名前は紗那がつけた。黒いほうが夜、茶色のほうが麦。完全に見た目から取った安直な名前だが、紗那は気に入っている。

「ねえ、見てこれ。きみたちの本当のご主人様にやっと会えそうだよ」

トレーをローテーブルに置き、子犬たちに学校からもらった封筒を見せた。子犬たちはなんのことやらわからぬと言う風にキョトンとしている。

紗那は封筒をしまい、冷えた夕食にかかったラップを取った。

彼女はいつもここでひとりで食事をする。

穂香たちの食事はもう少し品数があることは知っていた。

リビングから楽しそうな談笑の声がするたび、いたたまれなくなる。

自分がいなければ、彼らはもっと、誰にも気兼ねすることなく暮らせるのだろうと思う。

こうして自分の分の食事を与えてくれるだけでもありがたい。

部屋着に着替えてもそもそと具なしおにぎりを食べていると、不意に子犬たちが大きな鳴き声を上げて騒ぎ始めた。

廊下から足音がする。紗那は食欲をなくし、おにぎりを置いた。

「ねえ」

ノックもなく、ドアが開く。いつものことだ。

「これ、明日までね。できたら皿洗いとトイレ掃除よろ」

部屋に入ってきた穂香は、紗那の学習机の上にノートとワークブックを数冊置いていく。

子犬がキャンキャンと吠えたてるが、穂香には見えないし聞こえない。

(私にも課題があるのに)

そう思ったが、口にはしない。

紗那はこうしていつも穂香の課題を代わりにこなしている。

最初は口ごたえをしたり抵抗したりしていたが、そのたびに穂香に泣きつかれた叔母夫婦につらく当たられるので、すぐに諦めて服従するようになった。

穂香には透視能力があるのだから課題をやらなくても、授業を真面目に聞いていなくても、テストで前の席を透視すればパスできてしまう。

それでも紗那に課題をさせるのは、完全な嫌がらせだろう。

なぜ彼女だけ力が使えないような状態で試験を受けさせないのか疑問だが、普段から課題をしっかり出すので、教師の信頼があるのかもしれないと紗那は考えていた。

(小さい頃にトランプをすると、いつも必ず負けたのよね。それで叔母さんが穂香の力に気づいたんだっけ)

叔母は紗那を邪険に扱い、穂香のことは溺愛していた。

平日の食事を作るのは叔母だが、その他の家事は紗那が押し付けられていた。

休日も自由はなく、食事の用意や買い物など、次から次へと用事が言いつけられる。

紗那は合間の時間で課題をこなし、毎日へとへとだった。

「あー、その服まだ着てんだー懐かしい。私が中学のとき着てて、首がだるんだるんになったやつね。物持ちよすぎ」

「う、うん……ありがと」

嘲笑《あざわら》う穂香にへらりと笑って返すと、途端に舌打ちされた。

「褒めてねえわ。狗神様もあんたを見たら幻滅するに決まってる」

穂香の髪も肌も爪も、栄養が行き渡ってつやつやとしている。メイクもしているのか、紗那から見ても彼女は美しかった。

一方紗那は、伸びるままの黒髪を自分でカットしただけ、肌は素肌、ふたり分の課題による寝不足や栄養不足がたたって全身かさかさしている。

服は叔母がスーパーで買ってきたものを着る。背が伸びなくなってからは、ほとんど穂香のお下がりだ。

「そ、そうかも」

心からそう思ってしょんぼりすると、穂香は溜飲《りゅういん》を下げたようだ。

「浮かれていられるのも今のうちだからね」

捨て台詞《ぜりふ》を残し、わざと大きな音を立ててドアを閉めて出ていく。

そんな穂香に紗那はげんなりしていた。

「狗神様って、美人が好きなのかなあ」

紗那が麦を抱き上げて右膝に乗せると、慌てて夜も左膝によじのぼる。

彼女が推薦希望を出したのは、この家から出ていきたかったという理由からではない。

どうせ、卒業したら独り立ちするのだ。あと少しの我慢。

紗那はどうしても、狗神の花嫁になりたかった。

神は決められた土地を支配する。今回花嫁募集をした狗神の社《やしろ》は、当時叔母夫婦と住んでいた場所の近所。学園から電車で二時間くらい離れた、都会過ぎず田舎過ぎない土地だ。

彼は名乗らなかったが、あの場所にいて子犬たちを従えていたところを見ると、狗神で間違いないだろう。募集を見た紗那の心は浮き立った。

ちなみに子犬は不思議なことに紗那以外の人間には見えない。少しの霊力を持った穂香や叔母にも見えないようだ。そして餌も食べない。

狗神に彼らを任せられてから何年も経つが、彼らは子犬のまま。成長も衰えもない。

もし姿が見えていたら、叔母夫婦は彼らを家に入れてくれなかっただろう。

彼らのおかげで、紗那は孤独な毎日を乗り越えることができていた。

神の花嫁に推薦されるためには、学園で優秀な成績をおさめていなければならない。

紗那は穂香の妨害にもめげず、努力を積み重ね、やっとチャンスをつかんだのだ。

（狗神様は私のことを覚えていらっしゃるかしら）

紗那は首にかけてあるネックレスを外す。

チャームに見える小さな鍵を学習机の一番上の引き出しに差し込んだ。

引き出しの中には、丸みを帯びた手のひらサイズの箱。それを開けると銀色の指輪がちょこんと鎮座している。

紗那が持ってくることを許された母の形見はこれだけだった。婚約指輪らしく、大きなダイヤが光っている。

（お母さん、見守っていてね。私、きっと狗神様の花嫁になるから）

紗那はすぐに指輪をしまい、鍵をかけた。

あの優しかった狗神ならば、自分の内面を見てくれるはず。直接の面会は一週間後。

その日まで焦らず腐らず、なんとか頑張ろう。

紗那は目を閉じ、狗神の面影を思い出していた。


数日後。

校舎に足を踏み入れると同時、紗那は違和感を覚えた。

狗神の花嫁に推薦された日から「推薦されたのはどんなやつだろう」と言うような好奇のまなざしを感じることがあったが、今回はなにかが違う。

不気味な空気を感じながら自分の席に腰を下ろそうとしたときだった。

「吉岡さん、ちょっと」

担任教師に呼ばれ、廊下に出る。そのまま進路指導室に案内された。

部屋の中には、厳しい顔をした校長と教頭、そしてなぜか叔母と穂香がいた。

「なぜ呼ばれたかわかるかい？」

校長に問われたが、紗那には見当もつかない。

嫌な予感が心臓をざらりと舐めていくような感覚を覚える。

目をしばたたかせていると、教頭が机の上にタブレットを出した。

「なんだねこれは」

タブレットの画面に「トラブル解消します」という文章が見えた。これがどうしたんだろうと、紗那は首を傾げる。

「霊力を使って一般人を相手にした商売をしてはいけないという規則は覚えているよな？」

担任が穏やかさを装った声で紗那に問いかける。

「ええ、もちろん」

「じゃあどうしてこんなことをしたんだ」

紗那がタブレットをよく見ると、「あなたも幸せになれる」「鑑定料は要相談」と怪しげな文言が並んでいた。

どうやら不運な人の心につけ込み、お祓いとかご祈祷《きとう》とか占いなどをして法外な料金を請求しようという類の悪徳商法らしい。

これがなぜ自分に関係あるのかと画面をスクロールしていくと、驚くべき光景が紗那の目に入った。

大きな紗那の写真の下に「現代の巫女・サーナ」という怪しさ満点の名前が書かれている。

いつ撮られたのか、写真の紗那は私服を着て真剣な顔をしている。カメラ目線ではなく、体全体が斜め横を向いていた。

紗那の肌がゾッと粟立つ。

もちろん彼女にこんなページを作った覚えはない。

誰かが隠し撮りした自分の写真を使い、霊感商法に利用しようとしている？

わけがわからないし気味が悪いしで、紗那の体が拒否反応を示して震えた。

「わ、私こんなことしてません！」

これではお金目当てに霊力を使っていると思われかねない。紗那は焦った。

学園では学生が霊力を使って商売をしてはいけないという規則がある。

霊力は神と通じ、神と人との世の懸け橋になり、世界を平和にするために使うものだからだ。

（せっかく推薦を受けられたのに）

なにより自分には、こんなことをする自由時間がない。叔母たちなら知っているはず。

助けを求めて叔母を見るが、彼女はハンカチで目元をぬぐった。紗那のほうは見ない。

「わたくしの監督不行き届きですわ。帰りが遅い日があると思ったら」

「まさか従姉が喫茶店のパソコンでこんなことしてるとは」

　穂香が呆れた顔で言う。

「喫茶店の？　なんのこと？」

「あなたがあの寂れた喫茶店でパソコンを触っていたという目撃証言は取れています」

　紗那が穂香に問うと、代わりに教頭が冷たい声で言った。

　学校帰りに寄った喫茶店でパソコンを使い、このホームページを作ったと思われているのか。

　気づいた紗那は首を横に振る。

「いいえ、履歴を調べてくれたらわかるはずです。私は課題の調べ物をしていただけで」

「ではどうしてきみの私服の写真が載せられているのですか」

「それは……誰かが私の写真を撮って、勝手に使ったんじゃないでしょうか。嫌がらせのために」

　私服を着ているのは夜と休日だけ。そのどちらも、紗那は吉岡家でこき使われている。

よく考えれば、この写真は家で紗那が食事を用意しようとしているところではないのか。

紗那は吉岡親子をじっと見つめる。

(だとしたら、この人たちしか考えられない)

いくら気に入らないからって、こんなやり方をするだろうか。

いつもなら黙って我慢する紗那だが、このときばかりは吉岡親子を睨みつけた。

「どうして私を見るの? 私がやったって言うの?」

「だって、あなたしかいないじゃない」

「濡《ぬ》れ衣《ぎぬ》よ。ひどい」

穂香がさめざめと泣き出した。その肩を抱いて叔母が言う。

「姉の子だと思って目をつむってきましたが、紗那はたびたびうちの穂香につらく当たっておりまして」

「あなたが心を開かないから、ママもパパもどう接していいかわからないのよ。なのにかわいがられている私のことを妬《ねた》んで。もういい加減にしてよ」

「かわいそうに。ずっと我慢してきたのよね」

紗那は目の前が暗くなっていくのを感じた。

なんだこれは。この茶番は。自分はなにを見せられているんだろう？

（つらく当たってきたのはそっちじゃない）

普段の彼女らを知っている者から見れば、あまりに寒々しい芝居だ。

しかし、知らない者からどう見えるのか、紗那にはわからなかった。

「わたくしが紗那にあまりお金を渡さなかったからこんなことに。処分ならわたくしが受けますわ」

「待ってください。私、やってません」

出口がない場所に閉じ込められるような恐怖を、紗那はひしひしと感じた。

（だけど、やっていないっていう証拠もない……）

やっとそれだけ言った紗那と叔母親子を交互に見て、校長はため息を吐いた。

「ご家庭内のことは私どもにはなんとも言えませんが、調査の結果が出るまで紗那さんの推薦は保留ということにしましょう」

「そんな」

やっと狗神に会えると思っていたのに。

紗那は足元が崩れていくような感覚を味わう。

「狗神様にも申し訳ないことをいたしました。もしよろしければ、穂香を紗那の代わりに差し上げますわ」

「はい？　吉岡さん、今なんと」

「穂香も同じ吉岡の血筋です。狗神様をお待たせするのは大変申し訳ないので、穂香でよければ……幸いつい先日誕生日が来て十八になりましたし」

紗那の代わりに穂香を狗神の花嫁にしようと言うのだ。

（私の目の前で、いったいどういう心境でそんなことが言えるの？）

紗那は信じられない思いでふたりを見つめた。

あの家に自分の居場所がないのは当然で、生活をさせてもらっているだけで感謝していた。

自分が狗神の花嫁になれたら、世話になっていた叔母夫婦に少しでも恩返しをしようと思っていた。

そんな思いをすべて裏切られ、紗那は言葉を失う。

意地悪だとは知っていたが、まさかここまでだとは。

「それはまた別の話になります。とにかく保留ということで。また連絡します」

「狗神様によろしくお伝えください」

叔母は深く頭を下げる。

(よろしくってなに?)

それは紗那の不祥事を詫《わ》びる言葉ではなく、穂香をもらってくれというアピールなのだろう。

叔母の提案は普通に考えればあり得ないことで、校長たちも戸惑っている。

「今日のところはお引き取りください」

教頭がその場をおさめ、吉岡家の三人は部屋を出た。

その途端、泣いていた穂香はハンカチをポケットにしまってにんまりと笑う。

叔母は相変わらずの無表情。さっきまでの演技の欠片もない。

「校則違反者の従姉《いとこ》さん。あなたは神様の花嫁にはなれないわ。御愁傷様」

紗那はなにも言い返せず、その場から走り去った。

小春は事のあらましを聞き、憤慨した。

「なにそれひどすぎる!」

放課後、小春のアパートに招かれた紗那はなす術もなくただ落ち込んでいた。

小さなテーブルを挟んで向き合うふたりの間に重い空気が漂う。

「まさかこれほど嫌われていたなんて」

「いやいや嫌いとかそういうレベルじゃないから。普通じゃないわよ、あんたの親戚。怖いよ」

たしかに。紗那は頭を抱えた。

かわいそうな親子を演じたふたりの茶番は、鳥肌が立つレベルで寒かった。

しかも叔母が穂香を紗那の代わりに、と突然言い出したところで場の空気が凍りついた。

「うん、怖すぎる」

学園もあの親子の異常性に気づいてくれることを期待したい紗那である。

「しばらく泊まっていきな。うちは大丈夫だから」

小春はひとり暮らしをしている。両親はもともとあった仕事のため、学園から遠く離れた土地で暮らしているという。

学園に学生寮もあるが、規律が厳しいので、小春は入りたがらない。

紗那は吉岡家よりいっそ寮のほうがマシだと思っていたが、叔母が入寮を許可してくれない。家事のやり手がなくなるからか、単に虐《いじ》める相手がいなくなるからかは、紗那にはわからなかった。

「ありがとう」

ホッとしながらも、紗那の心に二匹の子犬がチラついた。

（きっと心配しているだろうな。それに、お母さんの形見を部屋に置きっぱなし……）

子犬たちは紗那と一緒でなければ部屋から出ない。

部屋では元気そのもので動き回っているが、今まで勝手に出てきたことはない。

今も状況がわからず、紗那の帰りを待っていることだろう。

そんなことを考えながらハッとした。

（あの子たちは、狗神様のお遣い）

もともと狗神の傍にいた彼らが、狗神に真実を告げたりしてくれないだろうか。

紗那が学校にいる間、狗神のところに通ったりしているのでは。そこで、本当の紗那のことを話していてくれたら。

ほのかな期待を膨らませるが、それもすぐにしぼんでしまう。

（ううん……学園には結界があるもの。きっとムリだ）

それ以前に狗神が紗那のことを気にかけてくれているなら、もっと早く花嫁募集をしただろう。

花嫁候補と神は面会の機会が設けられるからだ。

しかし狗神は紗那が十九になるまで、なにも言ってこなかった。

（校長は狗神様に今回のことを報告しているよね。どう思われるかな）

しょんぼりうつむいていると、テーブルの上に置いてあった小春のスマホが鳴った。

「はい、西浦《にしうら》です。吉岡さんですか？」

いきなり自分の苗字が出てきたことに驚き、紗那は顔を上げる。

ちなみに紗那はスマホを所持していない。もちろん、叔母が契約をしてくれないからだ。

「どうしたの」

小春は険しい表情で、スマホを押さえて小さな声で言った。

「担任から至急の連絡だって。紗那に連絡がつかないけど、なにか知らないかって」

学園側はおそらく最初に吉岡家に連絡したのだろう。

しかし紗那が帰っていないことを聞き、普段から仲のいい小春へ連絡がきたのだ。

「そうなの。出るよ」

嫌な予感をひしひしと覚え、紗那は小春からスマホを受け取った。

「代わりました。吉岡です」

『担任の土井《どい》です。至急連絡しなくてはならないことがある』

「なんでしょう」

担任は低い声で淡々と言う。

『きみの推薦は取り下げられ、吉岡穂香が狗神様の花嫁に決定した』

「え」

声は聞こえたが、意味がわからない。紗那はスマホを持ったまま虚空を見つめる。

『狗神様がきみの調査を中止し、次の候補を出すようにと言われたのだ』

「そんな」

校長に呼び出されたのが朝で、夜にはもう推薦取り下げばかりか穂香が狗神の花嫁に決まってしまうなんて。

あまりの急展開に、紗那は言葉を失う。

『残念だが諦めてくれ。じゃあ』

担任は紗那の落胆から逃げるように、一方的に電話を切った。

通話が途絶えたスマホを、力なく小春に返す紗那。

小春は紗那から事情を聞き、憤慨した。

「花嫁って神様と直接面会して決まるんじゃないの？　狗神様って適当なんだね。それにしても、見る目ないなあ」

小春はプンプン怒っているが、紗那はそんな気にもなれない。

体も心も丸ごと深い海の中に沈んでいくような感覚にとらわれていた。

狗神は騒動を聞き、学園まで来たのかもしれない。

次の候補を出すように言われて困った学園は、苦し紛れに穂香を会わせたか。

(そして穂香と会い、ひと目で気に入ったのかも)

不愉快な想像が紗那の脳内を駆け巡る。

(穂香のほうが、きれいだものね)

横に並べばどうしたって自分のほうが野暮《やぼ》ったくて見劣りする。

それに、自分は学園の規則を破り、悪徳霊媒師のようなことをしていた疑惑まで持たれているのだ。

狗神が中止しろと言った以上、学園はその疑惑についてこれ以上調査をしてくれないだろう。紗那の疑いは晴れぬまま、花嫁の地位は穂香に奪われてしまった。

(私は誰からも選ばれない)

堪えきれなくなったものが、紗那の目から溢れて零れた。

それはとどまることを知らず、次から次へと頬を伝って落ちる。

『そなたがなにかから助けてほしいとき、強い願いができたときは我を呼ぶがいい』

ふと狗神の声が脳裏によみがえる。

(もう、どれだけ呼んでもあなたは私の元へ来てはくれない)

紗那は嗚咽《おえつ》を漏らし、小春の胸で泣いた。

白き狼神《おおかみ》

それから二ヶ月後。狗神と穂香の婚儀の日がやってきた。

穂香にはあっという間の二ヶ月だっただろうが、紗那にとっては長く苦しい期間だった。

あの悪徳霊感商法疑惑騒動のあと、ずっと小春の部屋に居つくわけにもいかず、紗那は恐る恐る吉岡家に戻った。

結局、小春の家にいたのは三日ほどだ。

『なんだ、まだ生きてたの。身投げでもすればいいと思ってたのに』

戻った彼女を迎えたのは、穂香の心無い言葉だった。

(私は死ねってことね)

穂香がどこまで本気でそんなことを言うかは紗那にはわからない。

実際、紗那は帰る途中で川に身を投げてしまおうかとも考えた。

だけど、子犬たちが気がかりだったから戻ってきたのだ。

叔母と同じような無表情で、紗那はじっと耐えた。

学園でのひどい噂も、ほとぼりが冷めたらすぐに消えていった。

ちなみに霊感商法疑惑の件は、あの日以降、学園からなにも言われていない。

やはり調査は行われていないのだと思うと、虚《むな》しくなった。

最近の紗那は卒業後の進路をどうするかと、そればかり考えるようにしている。


狗神の社は学園から電車に乗って二時間ほどかかるところにある。

叔母夫婦と穂香は自家用車で意気揚々と前日から出かけたが、紗那は置き去りにされた。

『是非参列して私の晴れ姿を見てよね、従姉さん』

と意地悪く微笑む穂香の顔も、もう見慣れた。腹も立たない。ただただ虚しい思いで、紗那は制服を着て電車に揺られた。

心細いので、子犬二匹を一緒に連れている。狗神が彼らを見て紗那を思い出してくれることをまったく期待しないわけではないが、望みは薄いだろうとため息を吐く。

(ボイコットしちゃおうかな。けど、この子たちはご主人様に会いたいかも)

昨夜から夜と麦はそわそわしているようだった。

今も紗那の心情と対照的に、彼らは電車の窓から外を見て楽しそうに尻尾を振ったり、座席の上をうろうろ歩き回っている。

紗那は諦めて二匹を連れて参列することに決めた。


狗神の社に着くと、紗那はまず入り口の鳥居に注目した。

鳥居の前に、一般の参拝者らしき普段着の人々が集まっている。

神の婚儀のあとは、餅や甘酒が参拝者に振る舞われる。そして、普段は見られない神が花嫁を伴って姿を現すのだ。

一般人にも姿が見えるようになるのは、神がそういう術を使うからだという。

（いっぺんくらい見てみたいと思うよね）

紗那が鳥居の近くにいた神職に親戚だと声をかけて学生証を見せると、中に入れてくれた。

普段は一般人が自由に参拝できるようになっているが、今日は婚儀中に部外者が入れないように結界を張ってあるらしい。

ぺこりとお辞儀をしてから鳥居をくぐると、参道の左右に阿吽《あうん》の狛犬《こまいぬ》が鎮座しているのに気づく。

大神宮と言うほどではないが、きちんと掃除が行き届いていてすっきりとしたいい社だと紗那は感じた。

「どう？　帰ってきた感じする？」

紗那は子犬たちに話しかけるが、彼らは紗那の足元をうろうろするだけで、喜んでいるような様子はない。

（忘れちゃったのかな）

十二年も経っているので、子犬たちも神の眷属であったことを忘れ、自分たちを普通の犬だと思っているのかもしれない。

紗那は眉を下げる。

（でも、狗神様を見たら思い出すかもしれないよね）

そう思い直し、紗那は歩を進めた。

境内には十数人の親族が正装をして集まっており、制服姿でひとりきりの紗那は嫌でも目立つ。

「神様に嫁ぐなんて、たいしたものよねえ穂香ちゃんは」

「本当に親孝行だよ」

紗那はそんな噂話を聞き流し、とりあえず親族の一番後ろに立って、目立たないようについていくことにした。

神の婚儀は人間の神前式とは違い、参道を歩く新郎新婦の後ろに親族が行列を作っていくということはしない。

拝殿に親族が集まったら、その奥にある本殿から神と花嫁が登場するという流れだ。

気配を消して一番端の席に座っていると、叔母夫婦が親族に挨拶をし始めた。

「おめでとう。穂香ちゃんすごいわねえ」

口々に娘を褒めたたえられ、叔母夫婦は鼻高々な顔をして満面の笑みを浮かべている。紗那には決して見せない顔だった。

(信じられない……)

自分なら、誰かを陥れてまで花嫁の座を手に入れようとは思わない。

たとえそうなったとしても、素直には喜べないだろう。

紗那はそう思うが、吉岡親子にはそんなこと関係ないようだ。

欲しいものを得るためには手段を選ばない。というか、相手が紗那だからこれだけ強気に出られたのだろう。

(私はいったいなんのために生きてるんだろう)

遠い目になってしまう紗那の膝の上から、子犬たちが心配そうに見上げている。

「大丈夫だよ」

子犬たちに心配をかけないようにそう呟き、体を撫でてやる。

しかし彼らは周りから見えない。

自分の手つきが怪しいことに気づき、紗那は制服を直すふりをして姿勢を正す。

そのとき、うっかりこっちを見ていた叔母と目が合ってしまった。

叔母は足音を立てずに傍に来て、耳打ちするように言った。

「変な動きしないでちょうだい。頭がおかしい子だと思われるわ」

なにも言えずにうつむく紗那に、叔母は追い打ちをかける。

子犬たちは彼女に向かい、牙をむき出しにして威嚇していた。しかし本人には見えない。

「どうしてあなたがここにいるの」

「え、だって穂香が、絶対に来いって……」

「そんなことあの子が言うわけないでしょう」

腕をつかまれ、ムリヤリ立たされた。

「あら、もう始まるわよ。どうしたの？」

「気分が優れないようですわ。外で休ませてきます」

声をかけた親戚に笑顔で返した叔母は、紗那を拝殿の外に出した。

押し出されるようにして廊下でよろめき倒れた紗那に、叔母は冷たく吐き捨てる。

「この式にあなたは無用よ。帰りなさい！」

ぴしゃりと戸を閉められ、紗那は呆然と拝殿を見上げた。

（本当に、穂香に来るように言われたのに）

叔母はそんなことは聞いておらず、むしろ紗那がこの婚儀を壊しに来たのだと疑っているような顔つきだった。

そう思われても仕方ない立場だが、恨まれるようなことをしたのは叔母と穂香だ。

（どうして穂香はあんなこと言ったんだろう）

狗神との婚儀を見せつけるためか、こうして叔母が紗那を傷つけることを期待したのか。

考えたけれど、真相なんてどっちでも一緒のような気がした。

紗那はボロボロの心を引きずり、手すりに寄りかかる。

（狗神様をひと目見ることすら許されない。あの人たちにとって、私はゴミ同然の存在なんだ）

今さら穂香から花嫁の座を奪還してやりたいとは思わない。

ましてや、彼らの婚儀を邪魔しようなどと、考えたこともない。

ただひとこと、狗神が自分のことを覚えていると言ってくれたなら、それだけで虚しい心が幾分か救われるような気がしていたのに。

「……帰ろうか」

紗那は夜と麦に声をかけて立ち上がる。

二匹は寂しそうに「くうん」と鳴いた。

ここでしくしく泣いていても仕方がない。見つかったら叔母に叱責《しっせき》されるだけ。黙って帰るしかないのだ。

(でも、どこへ?)

帰る場所なんてない。帰りたい場所もない。

卒業するまでは我慢するつもりだったけど、もう耐えられない。

このままどこかへ行ってしまおうかな。

そんな考えが紗那の頭をよぎる。

(とにかく、ここから出ていこう)

ここには自分の居場所はないのだから。

紗那はフラフラと歩き出す。

鳥居の前には一般人がたむろしている。紗那はそこを避け、別の出口を目指した。

（たしか手水舎《ちょうずや》の脇に、境内から出られる道があったような）
数歩歩くと、まるでついさっきまでいた場所とは別世界のように周囲を暗く感じた。
眩しいほど晴れていた場所から木陰に入ったから、目がなかなか慣れないのか。
それとも、従妹の結婚を祝えない自分の心が暗いから、世界を暗く感じるのか。
紗那は立ちどまる。
（やっぱりおかしい）
生温く重い空気が体にまとわりつく。
足元でうろうろしていた夜と麦が急に立ちどまり、尻尾をピンと立てる。
砂利を踏む音が聞こえて紗那が振り向くと、そこには黒い大型犬が二匹。
尖《とが》った角のような耳、手足は細長いがぬめぬめと光る体は逞しい。
黒犬《こくけん》二匹が紗那にじりじりと近づいてくる。
低い唸《うな》り声が彼女を圧倒する。
黒犬たちは鼻の上にシワを寄せ、歯をむき出していた。
完全に威嚇の姿勢だ。
「あ、あの、私怪しい者じゃ……」
神社にいる動物は神の遣いと決まっている。

彼らはよからぬものを祓うために威嚇や攻撃をするのだ。

紗那はゆっくりあとずさる。それを許さないと言うように、黒犬たちが高く飛んだ。

(誰か……)

足がすくんで動けない。このままでは噛み殺されると思った紗那の背中が震える。

(誰か助けて！)

そう願った瞬間、紗那は自分の目が異常に熱くなるのを感じた。

突然明滅する光の洪水。

(なにこれ！)

眩しさに目を閉じる隙もなく、紗那の目前まで迫っていた黒い体躯《たいく》が、光の中に溶けていく。

まるで、古い布のごとく、たやすく引き裂かれるようにして、黒犬は欠片の集まりになった。

(えっ!?)

紗那が瞬《まばた》きをすると、光は消えた。

裂けた黒犬の体が、はらはらと風に散っていく。

その向こうに、二十代後半くらいの男が立っていた。

首の後ろに沿うように流れる銀髪は、日に照らされた雪に似ている。

銀のまつ毛が縁取る紅玉のような瞳。それが浮かぶ白皙。

紺色の着物に同じ色の羽織を着た彼は、一直線に紗那に近づいてきた。

息をするのも忘れそうな、この世のものとは思えぬ優美さを全身に湛《たた》えて。

「狗神……様……？」

体の奥から記憶が溢れ出す。目の熱さはいつの間にかなくなっていた。

間違いない。紗那は確信する。

（忘れたことなどなかった）

初めて会ったときから、彼は紗那の記憶に克明に残り続けた。

その神々しい姿を思い浮かべるたび、つらい毎日で疲弊した心がどれだけ救われてきたか。

「遅くなってすまない。そなたを迎えにきた」

瞠目《どうもく》して立ち尽くす紗那に、彼は薄く微笑みかける。

辺りはすっかり明るく晴れていた。

紗那の後ろから夜と麦が勢いよく駆け出し、彼にまとわりつく。

「おぬしら、なぜ抵抗せんのだ。もう少しで紗那が噛まれるところであったろう」

たしなめられた二匹はぶんぶん振っていた尻尾を、申し訳なさそうにしゅんと垂らした。

「あの、狗神様は今、穂香と婚儀中なのでは」

名前を呼ばれた紗那の胸は、痛いくらいに高鳴っていた。

なぜ穂香と婚儀を挙げているはずの彼がここにいるのか、理解ができない。

「そなたは大きな勘違いをしておるようだ」

「えっ？」

戸惑う紗那に、彼は言い聞かせるようにゆっくりと告げた。

「我は威月。狼神と呼ばれる。十二年ぶりだな、紗那」

狼神――。

紗那の体から力が抜ける。

（狗神様じゃなかった。狼神様だなんて……）

その場に膝をつきそうになる紗那を、威月は咄嗟に支えた。

「ひやわあっ」

初めて男性に密着した紗那の心臓が、口から飛び出そうになる。

叫びそうになるのを堪え、紗那はなんとか威月に話しかけた。

「わ、私ずっとあなた様のことを狗神様だと思っていました」

「そのようだな。遣いがあれでは誤解されても仕方あるまい」

威月はコロコロと太った子犬を見下ろした。

まさか、ずっと子犬だと思っていた二匹が子狼だったとは。

初恋の狼神をずっと狗神だと思い込んでいた自分が、恥ずかしいやら情けないやら。

顔を赤く染める紗那を抱いたまま、威月が言った。

「待たせたな、紗那。我の花嫁」

「花嫁？」

見上げると、紗那の目前に威月の端麗な顔が迫っていた。くらりとめまいがしそうになる。

「ああ。そなたを我の花嫁にするために迎えにきた」

「ええっ！」

目を開いて思わず大きな声を上げた紗那を、威月は興味深そうに眺めて微笑む。

（これは夢だ。そうに決まってる。こんな、棚からぼた餅的なことがあるわけない）

紗那がもう一度聞き返そうとした瞬間、拝殿のほうから騒がしい物音が聞こえてきた。

「何者かが結界内に入り込んだ！」

数人の神職が拝殿から飛び出す。

その後に続いて叔母夫婦、穂香まで顔を出した。

最後に、紗那が見知らぬ紋付袴の男性が現れた。金茶色の髪に丸い目の、柴犬を彷《ほう》彿《ふつ》とさせる顔。

紗那の記憶に残る面影とはまったく違う。

（あの方がきっと、狗神・喬牙様だ）

紗那は夢から覚めたような心地がした。

親族は拝殿の中で待たされているらしい。叔母夫婦が紗那たちのほうを見て眉を顰《ひそ》める。

「誰なの、あなたは」

不信感に満ちた叔母の声を聞くと、威月の体がぐにゃりと曲がった。

驚いた紗那が瞬きすると、なんと今まで人間の男そのものだった威月が、体長五メートルほどの巨大な白狼《はくろう》に変化していた。

「なっ」

「わあああっ」

神職たちが声を上げた。

吉岡家は目を丸くし、金縛りにあったように動きをとめている。

(みんな、狼神様が見えている)

紗那は刮目《かつもく》した。

神は普通、一般人には見えない。

神職には見えるだろうが、霊力のない穂香の父親まで、威月のほうを見て固まっていた。

一般人にも見えるように姿を現すのは、神が自らの力を誇示するために術を使うときだ。

神職たちは光の速さで回廊にひれ伏す。

誰もが威月の神々しさに圧倒されていた。

「あなた様でしたか!」

喬牙までもがその場に膝をつく。

威月の姿を回廊から見下ろし、穂香が震えた。

「な、な、なんなのあの化け物」

完全に狼狽《うろた》えている。

高位の神を初めて目にした穂香にとっては、ムリもない反応だった。

「なんてこと言うんだ。このお方は狼神の中でも最高位の神。この国の狼神や狗神を統括するお方だぞ」

喬牙に言われ、「えっ」と穂香が威月を二度見する。

「お前たち人間が見下ろしていいお方じゃない。早く平伏しろっ」

喬牙が穂香の腕をつかみ、ムリヤリ跪《ひざまず》かせる。

それにならい、叔母夫婦もおずおずと平伏した。

「楽にするがよい。今日はそなたらの婚儀だろう。我は近隣の神々を代表してやってきたのだ」

巨大狼の口は動かない。威月の声は人間たちの頭に直接響く。

「これは我らからの祝いの品だ」

紗那がよく見ると、威月の豊かな白毛に覆われた尾は三つに割れていた。

彼女はその腹に埋もれるように体を寄せる。

威月が尾を振ると、そこに山の幸に海の幸、反物、金塊などが現れた。

だいぶ古い昔話のようだと、紗那は思う。

「まあ……」

叔母夫婦は光り輝く贈り物の山に見惚《みほ》れた。

「ありがたき幸せ」

ひれ伏す喬牙の横で、穂香が顔を伏せている。床についた手が微《かす》かに震えているように、紗那には見えた。

「人間よ。そなたらには、我が妻が世話になったようだな」

吉岡家三人の背中がビクッと震えたように、紗那には見えた。

「我が妻？」

喬牙が聞き返す。

「この娘、吉岡紗那は我が十二年前から花嫁にするつもりで見守っていた。幼い人間の体も精神も、神世に渡る負担に耐えられない。だから機が熟すまで待っていたのだ」

威月は四本足でのしのしと歩き、紗那を守るように首を曲げる。

ぎらりと光る目が吉岡家三人を貫いた。

「というわけで、紗那をもらい受ける。異存はあるまい」

威月が言うと、穂香がぱっと顔を上げた。

「やめたほうがいいですよ！　その子、お金のために一般人相手に商売しようとしてたんです。そんな子が高位の神の花嫁だなんて」

「黙れ、小娘！」

雷のような怒号が社の上に響き、全員が身をすくめる。

さすがの穂香も、震え上がって言葉をなくした。

威月の目が穂香をとらえ、牙をむき出しにして低く唸る。

「我が妻を愚弄《ぐろう》することは許さぬ」

ずしりと穂香の背中に見えない重力がのしかかる。

「くだらない嘘が我に通じると思うか。このうつけが」

紗那まで震えるほどの威圧感。威月の全身から怒りが迸《ほとばし》っていた。

喬牙が慌てて穂香の後頭部をつかみ、乱暴にうつむかせた。

穂香の額が廊下に擦りつけられる。

「バカ！　奥方様に謝れ！」

「ぐっ、あ……」

喬牙に怒鳴られ、穂香はぎりりと奥歯を噛みしめる。

まさか、今まで見下していた従妹にひれ伏す日がくるとは、夢にも思っていなかったのだ。

威月が尾を振ると、呻《うめ》いた穂香の背中から圧力が消える。

「……ぃま…んでしたっ」

蚊の鳴くような声で、穂香はなにかを言った。

微かに上げたその顔は納得しているようには見えない。まるでムリヤリ謝罪させられた子供のようだ。

「威月様、やめてください。もういいですから」

紗那は威月に抱きつき懇願した。

誰かが傷つけられるのを、紗那は見たくなかった。

たとえそれが、自分を傷つけ続けてきた、ひどい嘘つきだろうとも。

威月の顔が上下する。うなずいたように紗那には見えた。

「そなたがそう言うなら」

太い尾が動くと、穂香の背にのしかかっていた圧力がふっとなくなった。

穂香は荒い息をし、紗那を睨みつける。

喬牙にうつむかせられたときに顔を打ったのか、右の鼻孔から血が垂れていた。

「せっかくの祝いの席に邪魔をした。では」

威月の周囲に強い風が起こる。

木の葉や小石が螺旋《らせん》状にくるくると舞い上がった。

「えっ、あ、あの」

叔父がなにか言いたげに腰を浮かせた。

しかし喬牙がそれを制する。「これ以上余計なことを言うな」とでも言いたげだ。

「そろそろ行くか、紗那」

「どこへ？」

「無論、神世だ。しっかりつかまっていろ」

吹き飛ばされないよう、紗那は夢中で威月の体にしがみつく。

麦と夜も、威月の背中に乗っていた。

「さらば」

さらに強い風が吹き、人間たちは目を閉じる。

風がおさまり、彼らがそっと瞼を開けたとき、威月たちはまるで夢だったかのように、跡形もなく消えていた。結婚祝いの品々だけを残して。

「なんなの！　なんなのよっ！」

穂香は勢いよく立ち上がり鼻血をぬぐうと、地団太を踏んだ。

（狗神様って、ちっとも偉くないいんじゃない。しかもあの女が狗神様よりよっぽど高位の神様に気に入られていたなんて。面白くない、面白くないいいっ！）

ドスドスと床を踏んでいる穂香を、狗神が眉を顰めて見ている。

その視線に気づき、穂香はハッとして動きをとめた。

「こ、高位の神様なんでしょうけど、無礼な方ですわ。私たちの婚儀を邪魔されてしまいました」

「あ、ああ……それが気に入らなかったのか。でもあんな余計なことは言わないほうがいい。子供じゃないんだからそれくらいわかるだろ？」

狗神は穂香に諭すように言う。

穂香は内心大きく舌打ちをした。

「私に説教するんじゃないわよ」と言ってやりたかったが、すんでのところで堪えた。

「穂香、婚儀をやり直しましょう。あんな子のことは放っておくのよ」

新婦の背中を、母が押す。

その顔は能面のようだった。渦巻く感情をなんとか押し込めているのだと、穂香にはわかる。

「でもさあ、ママ」

「あなたは黙ってて」

吉岡氏の言葉を、妻が遮った。

その瞳は燃えるような怒りを秘めている。

夫はなにも言えずにうつむいた。

(あいつが私よりハイスペックな相手と結婚するなんて、絶対に許さない)

穂香はぎりりと奥歯を噛んだ。

紗那に対して跪かされたことが、彼女のプライドを刺激してやまなかった。


目を開けると、紗那は白い絨毯の上に寝ていた。

体を起こすと、周囲が青い。目の前にはピンと立った二つの耳。

間違いない。ここは威月の背中だ。

自分たちは空を移動している。

ちょっと視線を外すと、遥か下のほうにある住宅や山がビュンビュン飛んでいく。

新幹線の窓から見る景色のようだ。

紗那は怖くなり、モフモフの背中にうつ伏せ、威月にしっかりとつかまった。

「起きたか」

「は、はい」

このところ心労が続いていたので、よく眠れなかった。

そのせいか、威月のモフモフの背中をベッドにして眠ってしまった紗那は、自分が信じられなかった。

上空にいるせいか高速で移動しているせいか、寒さを感じて紗那は震える。

「震えているな。もしや、緊張しているのか」

「え、緊張ってなにがですか？」

疑問に思った紗那は顔を上げ聞き返す。

「神世に行くのを——我の花嫁になるのをためらっているのならば、今言え」

「そんなことありません！」

紗那はすぐさまきっぱりと否定した。

狗神と誤解していたとはいえ、彼女が長年憧れて会いたいと思っていたのは威月なのだ。

突然の求婚はびっくりしたけれど、決して後悔はしていない。

学園の花嫁募集に応募したときから、彼の花嫁になる覚悟は決まっている。

「よかった」

ホッとしたような声が聞こえ、紗那も安堵する。

「狼神様こそ、私が花嫁でいいのですか？　奥方様はなにも言っておられないのですか？」

風のように空を切る威月だが、不思議とその周りは静かだ。

紗那が大声を出さずとも、威月と会話できる。

威月の声が直接頭に響くように、自分の声も威月に直接届いているのだろうと紗那は認識した。

「まず、我が名は威月。これからは名前で呼ぶように」

「あ。す、すみません」

「そして次に、奥方様とは誰のことだ。我はこれまで、妻を娶《めと》ったことはない」

「うそっ」

驚いた紗那は、友人と話すときのような声を出してしまい、手で口を塞いだ。

「嘘ではない。そなたが我の唯一の妻だ」

紗那は信じられない思いで、威月の背を見つめた。

喬牙が威月のことを「狼神の中でも最高位」と言っていた。

高位の神は最低でも何百年、中には千年以上も前から存在していると学校で習った。

ということは威月はとっても高齢であるはずだし、そんなに長い間独身だったとはにわかに信じがたい。なにか理由があるのだろうか。

「なかなか会いに来られなくてすまなかった」

考え込んでいた紗那はハッとした。まだ話の途中だった。

「順を追って話そう。まず、我はそなたのことを忘れていたのではない。神には、花嫁以外の人間に個人的に関わることは禁じられている。神は誰かを贔屓《ひいき》したりしてはいけないから」

神が特定の人間を贔屓したら……それが大悪党だったりしたら、大変なことになってしまう。

それは紗那も理解できる。

「だから彼ら――そなたの付けた名前で呼ぶとしよう。夜と麦を傍に置くことしかできなかった。そうした遣いを通じて人間に関わることも禁じられているし、そもそも学園の結界が邪魔をして交信もできなかった」

紗那は夜と麦を交互に見つめる。

いつもコロコロと転がって遊ぶ姿しか見ていなかったが、彼らは今までなにを思っていたのだろう。

「神精学園は特定の神の影響を受けないように、あらゆる術を駆使した強力な結界で覆われている。我でも遣いと交信できぬし、中の様子を覗くこともできなかった」

「威月様でもできないことがあるんですね」

「できなくはないかもしれないが、しないのが掟《おきて》だ」

紗那は閉口した。神の世界にも校則と同じように掟がたくさんあるらしい。

「ただ学園の中には神と通じる役割の者がおる。その者にそなたは元気にしているか、尋ねることはできた。その者は『成績優秀でなんの問題もない生徒です』としか教えてくれなかった」

たしかに紗那は成績優秀で、問題を起こしたこともない。あの悪徳霊感商法事件を除いては。

学園側はよほどのことがない限り、生徒のプライベートまで介入してこない。

紗那が助けを求めれば介入してくれたかもしれないが、紗那は吉岡家に受けていた待遇のことを学園に相談していなかった。

学園が介入することで余計に吉岡家とこじれ、居場所がなくなることを恐れていたのだ。

「だからきっとそなたは、義理の家族とうまくやっているのだと思っていた」

紗那の胸の奥がぎゅうっと痛んだ。

彼女はどこかで、ずっと思っていたのだ。

どうして自分がこんな状況なのに、彼は一度も会いに来てくれず、助けにも来てくれないのだろうと。

悲しくなることもあったけど、それでもたったひとつの希望である彼に縋って生きてきた。

「そなたが十八になったら学園に迎えに行こうと思っていたのだが、ちょうどその時期にとある大妖怪が西のほうで大暴走を起こし」

「大妖怪が大暴走」

そういえば、去年九州《きゅうしゅう》で連続行方不明事件や異常気象が頻発したっけ。と、紗那は思い出す。

学園の卒業生も調査に乗り出したと聞いていた。

「それを鎮めるために応援に呼ばれ、なかなか帰ることができず、今になってしまった」

「大変だったんですね。それでその妖は」

「きっちり封印をしてきた。心配するでない。それよりも、そなたをもっと早く救えなかったことがくやまれる」

威月の声が低くなった。紗那は黙って続きを聞く。

「その妖の件が片付いてすぐ、学園にそなたを花嫁として迎えたいと名乗り出たのだが、そなたはすでに喬牙殿の花嫁に立候補していると聞いた。それを聞き、そなたは約束を守らない我のことを見限ったのだと思った」

「見限るだなんて」

それは誤解だ。紗那は威月を狗神だと思い込んでいただけなのだ。

弁明しようとしたが、もうその必要はないと言うように、威月が言葉をかぶせる。

「しかしその後、他の神づてに喬牙殿の婚姻の話を聞いた。花嫁の名がそなたの名ではなかったので驚いた」

「ああ……それについてはいろいろありまして」

しんどかった日々を思い出してしまい、どんよりする紗那。

「彼らの婚儀のために、学園の結界を出ただろう。その瞬間から夜と麦と交信ができるようになった。そこで初めて、そなたがひどい仕打ちを受けていたことを知った。だから迷わず、すぐに迎えに来た」

「威月様……」

「待たせてすまなかった。つらい思いをさせたな」

表情は見えないが、威月が後悔しているのが声音から伝わってくる。

「威月様のせいじゃありません。掟があるんだもの」

彼が自分を忘れておらず、ずっと気にかけてくれていた。

ただ、ボタンのかけ違いと言うか、すれ違いと言うか、うまくいかなかっただけなのだ。

「覚えてくださっていて、うれしいです。やっと会えた」

紗那は威月のモフモフの首に顔を埋める。

自分が頑張ってきたことも、耐えてきたことも、悲しんできたことも、きっと無意味じゃなかった。

胸がじわりと熱くなり、紗那は思い切り威月のにおいを嗅ぐ。

すると紗那の脳裏に、ふと「パレ・ロワイヤル」の看板が吹き飛んだ光景が浮かんだ。

「落ちる看板から私を守ってくれたのは、威月様だったんですか？」

「あれは、そなたが喬牙殿の花嫁に立候補したと聞かされた日だったな。我は学園の許可を取り、そなたの姿をひと目見に行くことにした」

「ええっ」

「たまたまそのとき、看板が落ちたから、弾いた」

紗那は驚いた。人や自然の力ではないものが働いたのではと思っていたが、まさか威月が助けてくれたとは。

「修学旅行で、妖を退治してくれたのも？」

小春との話を思い出す。

修学旅行で紗那がトイレから戻ったら妖が消えたという話だ。

「あれは我ではない。そなたがやったのだ」

結界の外に出たときの様子は、威月からも見えていたらしい。

そのときだけでも見守っていてくれたという感動より先に、疑問が先に立つ。

「私が？」

「やはり気づいていなかったか。出会ったときにいた猿妖も、そなたが消し去ったのだ」

「はいっ⁉」

威月の発言が衝撃的で、紗那は大声を上げた。

神精学園の生徒ならば妖が見えるのが普通だが、祓う力のある者は限られている。

一応お祓い訓練は必須科目だが、紗那は「祓いの能力はなし」という評価に終わっていた。

なので、自分がそんなことをできる素質があるとも思わなかったのだ。

「出会ったとき、そなたに巫女の力が備わっているのには気づいていた」

「巫女の力、ですか」

巫女とは、神と交信し人々とのパイプ的役割を果たす女性を指す。江戸時代までは直接高位の神とも対話し、人間界との調整役をしていたと言われている。

現代の巫女は妖によるトラブルを処理する仕事に就いていることが多い。

自分の祖先が巫女だったことは、紗那もつい最近知ったばかり。

だから物心ついたときから神や妖が見えたのかと紗那は納得していた。

近い血筋でも力の強弱はあるらしく、穂香とその両親には夜と麦は見えなかった。

「年々そなたの力が強まっているのは感じていた」

「そうですか？　全然自覚がないんですけど」

緊張感のない紗那の言葉で、威月はふふっと笑いを漏らした。

「夜と麦を使って、我が覚醒《かくせい》を試みていたでな」

「えっ？　でも結界が」

学園の結界内で、神が遣いと交信するのは不可能なはず。

「こんななりでも、こやつらは我の眷属。こやつらが近くにいるだけで、そなたは我の力の影響を受けるのだ」

紗那は驚く。威月が言うような力が自分にあることも、夜と麦の存在がその力を強めていることも、まったく気づかなかった。

「そしてついさっき、時期を待っていたかのように巫女の力が目覚めた」

「目覚め……」

喬牙の遣いの黒犬が消し飛んだ瞬間を、紗那は思い出す。

まるでボロ布のように小さく裂け、はかなく霧散した。

(あれが巫女の……私の力なの？)

あれを自分がやったのだと思うと、少し恐ろしくなる。

「神の遣いは低級の妖とは比べ物にならぬ。危機を感じたそなたは、内に眠る巫女の力を覚醒させたのだ」

威月は淡々と説明する。

(あのとき私……目がすごく熱かった。私の力は、目に集まって発動するのかな)

自分になにが起きているか、自分で見ることができないので、想像しにくい。

紗那の祖先が巫女だということを聞いたのも最近で、そのような自覚はなかった。

今は戸惑いしかない。

「その力の覚醒も、学園の結界が押さえつけていたのかもしれんな。皮肉なものだ」

「そういうものですか」

学園の空気はむしろ力の覚醒を促しそうなものだけど。

首を捻った紗那に、威月はささやく。

「大きすぎる力は、いつも人の恐怖になり得るからな。そなたの力は他の人間にはない、特殊なものだということだ。今後もっと強くなるだろう」

紗那は自分の身の内に得体のしれない力があると思うと、なんだか落ち着かない気分になった。

「そして、花嫁がそなたでいいかという質問の答えだが」

「あっ、はい」

紗那は背筋を伸ばした。

「出会ったときから、我はどうしてもそなたが欲しかった。理由はうまく話せないが、巫女の力だけが目的ではないのはたしかだ」

緊張していた紗那は、少し拍子抜けした。威月は神なのに、まるで人間のようなことを言う。

正直紗那も、うまく説明できない。どうして威月にこんなにも惹かれるのか。

「そして、あの頃と変わらぬ、弱きものに対する慈しみや、自分を虐げる者を憎まない心の広さを知った。やはり我の花嫁はそなたしかいない」

それは、夜と麦を大事にしてきたことや、吉岡家のことを学園に訴えなかったことを言っているのだろう。

紗那としてはそれが普通の対応だと思っていたので、褒められるとなんだかこそばゆい。

「さあ、そろそろ結界の入り口に着く」

威月の体が降下するのを感じ、紗那は口を閉じてモフモフする背中にしがみつく。

眼下には、巨大なブロッコリーのような森が広がっている。

少し顔を上げて周りを見ると、山々が視界いっぱいに裾野《すその》を広げていた。

下を見ると、住宅や学校のようなものが見える。山々に守られるように存在している俗世は、なんとなくのんびりして見えた。

かといって田舎過ぎて寂れているという風でもなく、活動的な印象を受ける。

自然と人の営みのバランスが取れたいいところだなと、紗那は感じた。

木々の間を抜けて森の中心へ降り立つ。

上から見ていたらわからなかったが、ここも山の中腹らしい。

開けた場所から、先ほど見えたちょうどいい田舎の街並みが見えた。

「見晴らしがいいですね」

人々の住む広い地の向こう側に、また山が見える。

「見える範囲はすべて、我の領地だ」

「すべて」

紗那は言葉を失う。

教科書に書いてあったこととは規模が違いすぎる。

神がおさめる俗世の土地を領地と呼ぶ。その領地から神は力を得る。つまり、領地が広ければ広いほど、神の力は強いと言える。

喬牙の領地は、あの社があった町ひとつ。

大きな町だが、威月の領地とは比べ物にならない。

「我が暮らす神世に入るためには、この世と神世を分けている強力な結界を通過する。その際、巫女の力がある程度ないと体が耐えられんのだ」

学園では教えられなかったことばかりが語られる。

（高位の神の結界を通過する場合に、巫女の力が必要だなんて聞いたことない。威月

様の結界が他の神様と比べ物にならないくらい強いってことだよね）

学園で教えられるのは、多くの一般的な事柄だけで、すべての神のパターンは網羅していない。

ぽかんと口を開けて立っている紗那の足元で、子犬が鳴いた。

「ほら、早く行こうとせかしておる」

「は、はい」

紗那は威月に肩を抱かれ、体の向きを変えられた。

「あっ」

そこには朱色の鳥居が建っていた。その向こうには注連縄《しめなわ》が括《くく》られた大きな岩がでんと座っている。

「これをくぐれば神世。我らの住処だ」

威月の体が縮み、一瞬で人間の姿になる。

（なるほど、たしかに狼の姿じゃ大きすぎて鳥居をくぐれないよね）

勝手に納得している紗那の手を、威月がそっと握る。

「覚悟はいいか、我の花嫁」

赤い瞳で見つめられ、紗那は一瞬躊躇《ちゅうちょ》した。

「ひとたび神世の住人となれば、やたらに俗世と神世を行き来することはできなくなる。そういう掟なのだ」

「はい」

「友人にも会えなくなる。俗世でやり残したこともできなくなる。それでもいいか」

躊躇しているのを見透かされているようで居心地が悪くなり、紗那は不安を感じた。

決して俗世に未練があるわけじゃない。小春に会えなくなるのは正直寂しいけど。

それよりも、本当に自分に巫女の力が備わっているのかどうかが不安だ。

(威月様は私を買いかぶっているんじゃあ。巫女の力が強くなっていく保証もないし、結果的にがっかりさせちゃったら申し訳ないよ)

複雑な思いが頭を駆け巡ったが、結論が出るのは早かった。

(ううん。迷うことない。私に帰る場所はないんだもの。威月様が求めてくれることに応える努力をするのみだ)

決心した紗那は、こくりとうなずいた。

努力で巫女の力とやらが自分に定着するのかはわからないけど、やってみるしかない。

「いいのだな」

「はい」

「よく決心してくれた」

紗那の手を引き鳥居をくぐろうとした威月の羽織を、夜と麦が咥えて引っ張る。

「ああそうだ、大切なことを忘れていた。人が神世の結界を通るには、もうひとつ欠かせない条件がある」

「まだあるんですか？」

巫女の力がないとダメだというのはさっき聞いたけど、他にも条件があるという。

（無茶な条件だったらどうしよう）

紗那はハラハラして威月の次の話を待つ。

そんな紗那とは対照的に、威月は微笑んで言った。

「人が神の結界を通るには、神の口づけを受けなくてはならない」

「ひえっ！」

思いがけない条件に、紗那は素っ頓狂な声を上げた。

そういえば、学園でそのようなことを習ったような。

（花嫁となった者が俗世から神世に行く場合よね）

俗世に住む低位の神の社にも結界はあるが、神が許可すれば花嫁以外の人間も出入り可能だ。口づけをしなくてはならないという決まりはない。

「神の息を吹き込み、そなたを神世の空気にも対応できるようにする」

「は、はあ……」

当然のように言われても、紗那には自分の身体になにが起きるのか想像もつかない。

とにかく、人間が神世に入るには、ある程度の霊力と体力と、神の息吹が必要らしい。

（どどどどうしよう）

もちろん紗那は誰とも口づけなどしたことがない。

どうしたらいいかわからず威月を見上げたら、じっと見つめ返される。

紅玉の目に自分が映り、余計に固まった。胸がうるさいくらいに早鐘を打つ。

「瞼《まぶた》を閉じよ」

長い指で眉を撫でられ、紗那は思い切って瞼を閉じた。

「そなたに祝福を」

低い声が紗那の鼓膜を刺激する。

身を固くした紗那の唇に、温かいものがそっと触れた。

歓迎される花嫁

知っているなによりも温かく柔らかい。

紗那は初めての感触に酔いしれる。

ほのかに甘い香りがする空気が肺に満ちていくような不思議な感覚も、紗那の気分をよくしていた。

（気持ちいい……）

紗那の頭がふわりとした瞬間、威月は離れた。

「これで、そなたは神域に足を踏み入れ……って、聞いておるか？」

完全にボーッとしていた紗那はぱちぱちと瞬く。

（初恋の人とキスしちゃった）

急に羞恥が込み上げてきて、首まで真っ赤になる。

そんな紗那を見て、威月は微笑み、艶《あで》やかな黒髪を愛《いと》おしそうに撫でる。

「我の口づけが気に入ったか。よいよい、落ち着いたらどれだけでもしてやろう」

「わ、あ、あう」

「さあ、行こう」

なんと返していいかわからない紗那の手をつかみ、威月は今度こそ鳥居の内に一歩足を踏み入れる。

「ようこそ、花嫁殿」

なんとか正気に戻った紗那は、結界越えにどれだけの衝撃があるかと身構えた。

威月のあとに続き、ゆっくりと鳥居をくぐる。

完全に両足が鳥居の内側に入った途端、景色が変わった。

「わああ」

紗那は思わず声を上げる。

鳥居の内側にあったはずの岩はなく、石畳が敷かれた道が延びている。

その両側に朱色の灯篭《とうろう》がずらりと並んでおり、灯りが連続してチカチカと光っていた。

「手を離すでないぞ」

歩を進め、灯篭とひとつすれ違うたび、空気が変わっていくのを紗那は肌で感じた。

紗那は深く呼吸をしながら、体を慣らそうとする。

(なんていうか、空気の中のなにかが違う)

正体不明の重力や密度の濃さを感じながら、紗那はゆっくりと歩く。

（たしかにこれは、常人にはつらいかもしれない）

普通の人間なら、この空気に押しつぶされて体調を崩すだろう。まるで猛暑の熱気のようだと紗那は感じた。

（って、まるで自分が特別な人間だって認めているみたい）

常人のことを他人のように思う自分に気づき、内心唖然とする。

昨日まで自分のことも、「少し神や妖が見えるだけの人」と思っていたのに、覚醒した途端に常人を遠い存在に感じている。

覚醒した自覚もない頭とは反対に、体は素直に神世に慣れていく。

複雑な感覚を味わいながら最後の灯篭とすれ違うと、そこにはなにもない空間が広がっていた。

（まるで雲の上にいるみたい）

足元は一面、白。たまにもやもやとけば立っている箇所がある。

視線のすぐ先には、巨大な社が鎮座していた。

玄関口と本殿、二つの反り返った三角の屋根。玄関屋根の下には威圧感を覚えるほどの太く大きな注連縄。

授業の資料で見た古代の神殿のような豪華な造りの大社《たいしゃ》。太い柱に支えられたそれは、木造のように見える。ところどころに鮮やかな金色の装飾が光っていた。

「これが我らの住居だ」

威月に連れられ近づくと、軒先に金色の吊り灯篭が並んでいるのが見える。

喬牙の社も立派だと思ったが、ここはその比じゃない。

紗那はあんぐりと口を開けた。

「ぼんやりしてないで中に入ろう、紗那」

「久しぶりだなー」

不意に聞き覚えのない声に話しかけられ、そちらを見る。

するとそこにはふたりの少年が立っていた。

（か、かわいい……っ！）

白い上着に水色の袴。見習い神職のような服装の彼らは、見た目七歳くらいで、黒い髪と金茶色の髪をしている。顔は双子のようにそっくりだ。

威月と違い、頭に三角の耳とお尻に尻尾がついている。

「もしかしてあなたたち、夜と麦？」

「うん、そうだよ」

「やっと話せたね紗那！」

「えー！　すごい！」

うれしそうに抱きついてくる夜と麦につられて、紗那も笑顔になる。

言葉が通じなかった今までは、ふたりと意思疎通ができずに戸惑うこともあった。

しかしこれからは、彼らの気持ちを言葉で聞くことができる。

「俗世で僕らの姿が見える人に会ったとき、狼の姿のほうがいいからって主様《あるじさま》に言われてたんだ」

「でもよかったよねえ、あの姿。毎日お膝に乗せてモフモフしてもらえたもん」

キャッキャと話す夜と麦の顔を、紗那は交互に見比べる。

（言えない。ずっとわんこだと思ってモフモフしてたなんて……）

紗那は心の中で静かに詫びた。

「おぬしらは本当にやかましい」

威月は眉を下げて微笑み、三人とも社の中に入るように促す。

注連縄の下を通り、建物の中に入った途端、複数の大声に囲まれた。

「主様、お帰りなさいませ。ようこそ花嫁様！」

「わ、わわわっ」

長い廊下に合計二十名ほどの人が向かい合って並んでいる。

いや、人ではない。着物から出ているのは毛むくじゃらの顔と手足。背後から尻尾が覗く。

「ここで我に仕える遣狼《つかいおおかみ》たちだ」

「は、はじめまして。よろしくお願いいたします」

紗那はぺこりと頭を下げる。

「かわいらしい花嫁様だ～」

「ここで勤めて三百年、初めての花嫁様だ～」

「お前さんが来る前もずっと、主様は奥方様がいなかっただよ」

二足歩行の狼たちが紗那を見て目を輝かせる。

(よく見ると、みんな少しずつ顔つきや模様が違う)

野生の狼は人や獣を襲うイメージがあるので最初は少し怖かったが、ここの狼はみんな穏やかな表情をしている。紗那は彼らを興味深く観察した。

そうしていると、突然狼たちが前に集まって一斉に頭を下げた。紗那は驚く。

「主様をよろしくお願いします、花嫁様！」

「こ、こちらこそ」

紗那が返事をすると、狼たちは顔を上げる。

「これで繁栄間違いなしですだ！」

わいわいと喜ぶ狼たち。

夜が紗那の服を引き、小さな声で言う。

「主様が花嫁を迎えないと、御子《みこ》が産まれない。それでは主様になにかあったとき、この社は消滅してしまう」

神は基本不老不死だが、消滅することも皆無ではないという。

神同士の争いで著しいダメージを負ったときか、領地の人々の信仰が絶えたときがその二大理由だと学園で習った。

「早く御子に恵まれますよう……」

狼たちが前足を合わせ、いや肉球を合わせて紗那を拝むように祈る。

子の作り方は神も人もほぼ同じ――神が人の姿になって花嫁を孕ませる――らしいと聞いていた紗那は顔を真っ赤にしてうつむく。

「こらこら、初日から圧をかけるでない。心配せんでも、これからたっぷりかわいがってやる。おぬしら、邪魔するでないぞ」

威月が紗那の肩を抱き、シッシと遣狼たちを追い払った。

（かわいがってって、あああ……）

想像しかけただけで、血液が沸騰しそうになる紗那である。

二足歩行の狼たちは「真っ赤になっとったわ。かわいいのう」「んだんだ」と楽しそうに去っていった。

「みんな紗那が来るのを待っていたんだよ」

麦が紗那を覗き込んで屈託のない笑顔を浮かべる。

「ここが新しい紗那の家。そして僕らが、紗那の家族だからね」

金茶色の髪がぽわぽわ揺れる。彼の声が、紗那の心に染みた。

「ありがとう。うれしい」

今まで、彼女の居場所はどこにもなかった。帰りたいと思う場所すらも。

血が繋《つな》がっていなくても、こんなに温かく迎えてくれる者たちがいる。

胸がじんわりと熱くなり、紗那はうっかり泣きそうになっていた。

そんな紗那の熱い頬に、威月が軽く唇を寄せた。

紗那が威月の大社を案内されているとき、俗世では喬牙と穂香が普段着で顔を突き合わせていた。

儀式のやり直しも一般参拝者への振る舞いも、神職のおかげでなんとかトラブルなく終えることができた。

両親や親戚が帰ったあと、穂香はずっと機嫌が悪い。

(あいつなんなの、マジで)

いきなり家に現れた厄介者。そのくせに自分より成績がよく、友人に恵まれている紗那のことを、穂香は心底嫌っていた。

彼女は自分が紗那より優位でいるのが当たり前だと思っていた。

(うちは、あいつを養ってあげてたのに。恩知らず)

穂香の母は昔、紗那の母の遺産を管理するという名目で、紗那を引き取った。

(遺産なんてあったって、邪魔な他人が家にいるって事実は消えないのよ)

紗那が顔を見せるたび、穂香の家族はピリピリする。

自分の家をそんな風にした紗那。虐めたって罰は当たらない。

厄介者は一生日陰で生きればいい。湿っぽい人生が合っている。

そして光り輝く人生に身を置いた自分は、遥か高みから紗那を見下ろして笑うはずだったのだ。

「あの子は絶対に狼神様の花嫁にふさわしくないの。本当のことを狼神様に伝えてくださいません？　騙されていないか、狼神様が心配なの」

穂香は喬牙を見上げた。喬牙は力なく首を横に振る。

「威月殿は俺ごときの忠告など聞きはしないさ」

穂香は心の中で舌打ちをした。

紗那の幸せを阻止したい一心で決めた結婚だったが、失敗だった。

両親は娘と神が結婚したことで世間から尊敬されるし、学園からも祝われていることだろう。けれど穂香は違う。

彼女が望むのは、自分が紗那より幸せになること、ただひとつ。

そのためには、紗那を狼神から引き離さなくてはならない。

（それにしても、いったいいつ狼神様に出会っていたのかしら。腹立たしいったらない）

とにかくなにもかもが腹立たしい穂香は、喬牙に突っかかる。

「ではあなたがもっと偉い神様になり、狼神様に意見できるようになってください」

怖い顔で言う穂香の言葉を冗談だととらえたのか、喬牙は声を上げて笑う。

「ははは。そうなったら俺は日本で最高位クラスの神だな」

「なにが面白いの。コケにされて、くやしくないの？」

思わずタメ口になった穂香は強く拳を握りしめる。

「まったくくやしくないことはないけどね」

喬牙は静かに言った。穂香は口を閉じる。

「俺の花嫁はとんだ野心家だ」

「野心だなんて」

「俺にできるのはせいぜい、威月殿に取り入っておこぼれをもらうくらいかな」

なにか言い返そうと思った穂香だったが、廊下を歩く足音に邪魔をされた。

「喬牙様、お茶の用意ができましたよ」

「人間の子もいらっしゃいな。お口に合うかどうかはわからないけど」

無遠慮に襖《ふすま》を開けたのは、ふたりの女。

長い黒髪を腰の辺りで束ねている女は色が白く、すっと細い目をしている。もうひとりは髪を高い位置で括り、丸い目をしていた。

ふたりとも見た目は二十代だが、実は八十年ほど生きている。喬牙の妻だ。

神は一夫多妻が許されているので、他に妻がいてもなんら問題はない。

「ちなみに狼神様に他の奥様は？」

ふたりの妻が去ったあと、穂香は尋ねる。

「聞いたことないな。あの方はなぜか今まで、ひとりも花嫁を迎えていないそうだ」

穂香は強く奥歯を噛んだ。

(私は三人目なのに)

どれだけ狼神に気に入られているというのだ。

紗那はあの美しい神の愛を一身に受け、周囲からの祝福を受ける。

考えただけで身震いがした。

(そんなの、絶対に許さない)

自分の幸せは、紗那の不幸の上に成り立つもの。穂香はそう信じて疑わない。

(喬牙様をなんとか利用できないかな)

喬牙は威月と対立したくないようだ。でも、このままでは穂香の気がおさまらない。

穂香はキッと部屋を出ていく喬牙の背中を睨みつけた。


数日後——正しくは、紗那が威月の大社に来てから俗世の時間で六日後。

神世には朝も夜もないので、紗那はすぐに時差ボケに襲われた。

それを見た威月は一面雲の波だった大社の外回りを、四季を感じられる日本庭園に改造し、俗世の時間に合わせて明るさを変えることにした。

もちろん実際に木を植えたりするわけではなく、そのような幻影を見せているだけである。

「趣深くなっていいわねえ」

縁側を掃除している遺狼が尻尾を振って庭の木を眺めている。

紗那と威月は部屋の襖を全開にして、並んで座る。

優しい表情の遺狼たちと美しい庭を見ていると、傷ついた心も癒えていくのを紗那は感じていた。

「私のために、ありがとうございます」

紗那は威月に与えられた着物を着ている。髪を結ってくれたのは、雌の遺狼。狼の姿だが着物を着て日本髪のかつらのようなものを被っている。

彼女は鼻歌を歌いながら、あっという間に紗那の髪を現代俗世風に結った。

着物などのお礼を紗那が言うと、威月は口の端で微笑んだ。

「気に入ってもらえてよかった。皆もうれしそうだ。神世は俗世と違って平坦な世界だから、刺激が欲しかったのだろうな」

別の遺狼は池の鯉《こい》に楽しそうに餌をやっていた。

鯉は幻影のはずだが、実際にいるように泳いだり餌を食べたりするらしい。

「でもここは素晴らしいです。とにかく平和で、みんな優しくて」

俗世はうるさくて、欲望にまみれていて。

いい友人もいるけれど、とても怖い場所だったと、紗那は思う。

同じ神でも高位の神は威月のように神世に住んでいる。

大社同士は遠く離れているから見えないけれど、たまに行きあうこともあるという。

一方、喬牙のように低位の神は俗世に建てられた社に住んでいる。

遣いが警備し、結界もあるが、神が許可さえすれば誰でも出入り可能だ。

家族や友達にも会いやすく娯楽も多いが、人間の感情に左右されやすいとも言える。

穏やかな暮らしを望んでいた紗那にとっては、神世のほうが相性がいい。

「皆が優しいのは、そなたがよい花嫁だからだ。この者たちも見た目は獣だがそれなりの年数を生きている。そなたが悪い人間ならとっくに見抜いて噛み砕……いや、追い出しているだろう」

「ちょっと怖い単語が聞こえたような気がするのですけど」

威月はごまかすようにふふっと笑う。

「けれどそなたはよい花嫁だから、我が違う意味でおいしくいただいてやる」

「違う意味？」

「そなたを味わい尽くす日が楽しみだ」

威月が不意に紗那の後頭部をとらえ、唇を奪う。

遺狼が見ているというのに、彼はお構いなしに紗那の唇を舌で刺激した。

反射的に口を開けた紗那の中に、威月の舌が侵入する。

(恥ずかしい。けど、気持ちいい……)

紗那はどうしていいかわからず、威月の胸の辺りをきゅっとつかむ。

気をよくしたのか、威月の腕が紗那を強く抱きしめた。そのとき。

「主様、少しよろしいですか」

老狼に呼ばれ、威月は紗那を放して思い切り舌打ちをした。

「仕方ない。またあとで」

のっそりと立ち上がった威月は紗那に背を向け、長い廊下を歩いていく。

「わ、私も行こうっと」

にやにやとふたりの仲睦《むつ》まじい様子を見ていた遺狼の視線に耐えられず、紗那は自分の部屋に戻った。

正式な婚儀がまだなので、それが済むまでは威月とは別室で暮らすように言われている。

威月は言葉は少ないが親切で、紗那のためによかれと思うことはなんでもしてくれた。

庭だけでなく、大社を改造して厨房を作ってくれたのもそのひとつ。

神は食事をする必要がないが、紗那は食べなくては生きていけない。

『これからは我らも食事をしよう』

そう言った彼は厨房を作り、狼たちが煮炊きをして食事を用意し、一緒に食べるようになった。

食事をしなくてもいいが、することもできるらしい。

たまに紗那が俗世の料理を作って出すと、威月は神妙な顔つきで食べる。

そして必ず「うまい」と言ってくれるのだった。

（ありがたいな）

素敵な旦那様に、親切な遺狼たち。かわいい双子の夜と麦もいる。

ただ自分がこの親切に報いることができる存在なのかどうか、紗那にはわからなかった。

（ところでこれ、なんだろう）

紗那は目の前の桐の箱に視線を移す。

朝「紗那様に贈り物だそうです」と遺狼が持ってきたものだけど、自分に贈り物をしてくる人物の見当がつかない。

両親は亡くなり、叔母夫婦からは疎まれている。

(あ、もしかしたら学園からかな)

神の花嫁になった者とその家族には、学園からご祝儀があるはず。

そう思った紗那は、蓋を開けた。

隙間から白いものが見え、それが飛び出してくるような気がして、思わず目をつむる。

しかし瞼を開けても、周囲に異変はない。なにかの見間違いだったようで、ホッとする。

「あ、お肉?」

どこぞの神からの結婚祝いだろうか。威月宛てにしたつもりが自分のところに持ってこられたのかもしれない。

竹の皮に包まれた肉の上に、手紙らしきものと、折り紙の鶴が乗っている。

手紙はわかるが、鶴はなんの意味があるのだろう。

指で鶴をつまむと、それは突然生きているように羽ばたく。

「いっ……」

鋭い痛みを手に感じ、紗那は思わず鶴を落とす。

自分の手をよく見ると、親指が切れて血が滲んでいた。

「え、なに？」

鶴の折り目が開き、ただの折り紙になる。そこに点々と赤い染みがついていた。

染みのところから溶けるようにして、折り紙は消えた。低級な呪いだ。

（飛び出すように見えたのは、この鶴に込められた呪いの力だったのかも）

恐る恐る手紙のほうを開くと、送り主は喬牙であること、これは結婚の祝いであることが書かれていた。

威月が結婚祝いを贈ったので、なにかお返しせねばと思ったのだろう。ということは。

（きっと穂香がやったんだ）

学園の生徒なら、誰でも低級の呪いくらいは扱える。

呪いの残滓がないかと箱の中をじっと見つめるが、跡形もなかった。

穂香は紗那に嫌がらせをすることに命を懸けている。

お互いに結婚して家から離れても、まだこういうことが続くのか。

紗那はげんなりした。

「紗那あ、どうかした？」

部屋の外から双子の声がする。

「ちょっと手を切っちゃったの。絆創膏《ばんそうこう》かなにかある？」

「ええっ」

返事をすると、双子が部屋の中に飛び込んできて紗那の手を凝視した。

「血が出てる！」

「ばんそうこうね！　えっと、どうしよ、神世にはないかも」

紗那の怪我は深いわけではなかったが、血を見た双子が驚いて狼狽える。

「なにかあったのか」

騒いでいる双子の声に気づいたのか、威月までやってきた。

「はい、紙で手を切りまして」

紗那は咄嗟にごまかした。

いくら疎まれていようと、穂香は従妹だ。それに喬牙は威月に逆らう気などなさそうに見えた。

（喬牙様が威月様に嫌われたら気の毒よね）

それでなくても喬牙は、威圧感満載の威月に委縮しきっていた。

穂香が勝手にやったことで喬牙の印象まで悪くすることはない。

「見せてみろ」

威月が穂香の前に膝をつく。すべてを見透かしそうな目に見つめられた紗那は、嘘がバレやしないかとヒヤヒヤする。

威月は紗那の手を取り、傷を眺めた。

「深くはないな。よかった」

「はい、大丈夫です。って、えええっ！」

紗那は仰天した。なんと、威月が彼女の細い指をはむりと咥えたのだ。

血を舐めとられるような感触に、紗那は震える。

（ひえええ！）

これまで誰かに指を舐められたことなど、当然ない。

すぐ離れた威月は涼しい顔をしているが、紗那は首まで真っ赤になっていた。

「これでよし」

傷を見ると、跡形もなくきれいに塞がっていた。

驚きもするが、それよりも威月に指を咥えられたという事実に戸惑い、紗那は恥ずかしさで泣きそうになる。

「紗那まっかー」

「まっかっかー」

心配そうに覗き込む双子。

「だ、大丈夫。恥ずかしかっただけだから」

手で顔を仰ぐと、威月がぷっと吹き出す。

「この程度でそう動揺するでない。今後身が持たぬぞ」

動揺するなと言われても、勝手に心臓が跳ねるのだからどうしようもない。

結婚して子供を残すということは、今後もっと動揺する事態が待っているということだ。

「わああ」

一瞬想像してしまいそうになった紗那は、顔を覆って背を丸める。

その頭からは穂香の嫌がらせのことなど吹き飛んでいた。

ひとりじゃない

ある日、紗那は威月とともに俗世に来ていた。

たった十日ほど離れていただけなのに、すごく久しぶりのような気がする。

「相変わらず騒がしいところだ」

結界を通り抜け、威月の背に乗って神精学園の正面に降り立った紗那は、人間の姿になった威月の手を取った。

「わがままを叶えてくださってありがとうございます。お疲れになったでしょう」

このたびふたりでここに来たのは理由がある。

紗那は昨日の折り鶴事件から、穂香のことだけではなく、しばらく考えていなかった叔母夫婦や小春のことをまた気にするようになっていた。

いくら蔑《ないがし》ろにされていたと言えど、叔母夫婦には学園に入学させてもらった恩がある。

最後まで自分の無実を信じてくれた小春にも結婚の報告がしたい。

そう決心するだけで、紗那の心の靄《もや》は幾分か晴れた。

今までは、自分の気持ちや欲望に素直になることは許されなかった。

いつも誰かの顔色を窺《うかが》い、波風立てないようにいろんなことを我慢して、心を殺し続けてきたのだと、紗那は気づいた。

『友人は別として、その他のことは残された者に任せておけばよかろう』

里帰りしたいと聞いた威月は、あからさまに眉を顰めた。

夜と麦から、紗那が叔母夫婦に冷遇されてきたことを聞いてきたのだ。その反応は当然とも思える。

そして紗那が何度も説明されたように、人間は俗世と神世を行き来するたびに身心に負担がかかる。

『両親の遺品を置いてきてしまったので。その他の私物も片付けないと』

大事な物を回収したいと紗那が申し出ると、夜が遠慮なく言った。

『もう捨てられてるんじゃない？』

ショックを受けた紗那が青くなる。

紗那自身もその可能性を考えないわけではないが、はっきり言葉にされると胸が痛んだ。

『夜！　そういうこと言っちゃいけないんだ！』

麦が夜を指さして責めると、たちまちケンカになる。

威月はため息をつくとにぎやかな双子に菓子を与え、部屋の外に出るように申し付けた。

静かになった室内で、威月は紗那の髪を撫で、そっと引き寄せた。

『行くな。ひとときも我の元を離れないでほしい』

紗那はまだ、威月に触れられることに慣れない。

指先が触れただけで鼓動が高鳴ってしまう。

嫌ではない。それどころか、紗那は日増しに威月への想いが強くなっていく自分に気づいていた。

『そう言ってくださるのはうれしいんですけど……やっぱり、今までのお礼を言わないと』

紗那が言うと、威月は体を離した。

『そなたはそういう人間だものな。自分の得にならないものは切り捨てるような性格にはなれぬか』

叔母夫婦のことを思い出し、紗那はふっと笑った。

あっちはもう紗那のことを死んだくらいに……いや、最初からいなかったくらいに考えているかもしれない。

(それでもいい)

それでも、あの夫婦のおかげで紗那は生き延びられた。

『仕方がないな。我も同行しよう』

高位の神が俗世に下りれば、妖が身を顰める。が、また神世に帰ったあとは反動のように活発化するのだ。

他にも自然や気象に影響を与えたりするので、行き来しないに限るらしい。

(なのについてきてくれるなんて。ひとときも離れないでほしいって、嘘じゃないのかも)

紗那は威月の言葉を反芻《はんすう》する。

俗世への影響は心配だが、威月ならうまいこと調整するだろう。

それより自分のことを気にしてくれる人がいることがうれしかった。

『本当ですか？　すごく心強いです』

『当たり前だ。我はそなたの夫だから』

ふたりは微笑み合う。

(この人が夫でよかった)

心細いときに傍にいてくれる。それだけで紗那の心は軽くなる。

ふたりの婚儀は次の満月——十五日後と決まっている。

紗那が威月の正式な妻になるのはその日。それ以降は本当に滅多《めった》なことでは神世から離れられなくなる。

それまでに用事を済ませようと、ふたりは決めた。

まずふたりが向かったのは、小春のアパートだ。

事前に連絡しておいたので、チャイムを鳴らすと同時に小春はドアを開けて飛び出てきた。

「紗那！　心配してたんだよ」

「ありがとう。この通り元気だよ」

「あの、この方は？」

紗那の後ろに立っている長身の威月を見て、小春は驚いた顔をしていた。

小春も神精学園の生徒。威月が只者ではないことを悟っている。

突然友人とともに現れた着物姿の美男子を、小春は見上げていた。

「えと……私のご主人様」

「は？」

ぽかんとする小春に、紗那は霊感商法容疑をかけられたときから今までのことを説明した。

「えっ。初恋の相手がこの方だったの。狗神様じゃなかったの？」

「誤解してたの」

「そんなのアリ？」

狼神を狗神だと思い込んでいたのは、紗那自身もマヌケだと自覚している。

小春もそう思っているかもしれないが、態度には出さない。

優しい友人を持って幸せだと紗那は思った。

「ん～でもよかったじゃん！　結局は幸せなんだよね？」

「うん」

小春が出したコーヒーと手土産で持ってきたモンブランを、威月はしげしげと見つめる。

「泥水……？」

低い声でそう呟く声に、小春は含んだコーヒーを吹き出しそうになる。

紗那は微笑み、間違いを訂正した。

「威月様、これはコーヒー豆というものを焙煎《ばいせん》してお湯で抽出した飲み物です。おいしいですよ」

「ほう。たしかに香りはいいな」

「ケーキもせっかくだからいただきましょう。栗《くり》を練ったものが乗っています」

「ふむ」

威月は手土産として買ってきたモンブランをひと口食べる。

「うむ、美味である」

「そうでしょう」

微笑み合うふたりにつられ、小春も笑顔になった。

「よかった。本当にいい方に出会えたんだね」

「え？」

「紗那がそうやって笑うの、初めて見た」

そんなことはない。小春といるとき、紗那はいつも楽しくて、安心していた。

そう伝えようとするが、小春に先を越される。

「帰り際、いつも不安で寂しくて仕方ないって顔するの。紗那は。知ってた？」

「そう……なの？」

「うん。でも今は、なんの不安もなさそう。威月様のこと、信頼してるのね」

紗那は黙った。

たしかに、小春と別れるときはいつもその先の、帰る場所のことを考えていたのかもしれない。

いつだって紗那は吉岡家に帰りたくなかった。

そんな場所へこれから行こうとしている自分が、不思議だった。

「威月様、紗那をよろしくお願いいたします」

「承知した。紗那が今まで世話になった」

頭を下げた小春に、威月はそっと桃色のお守りを取り出した。

「そなたに悪いものが近づかぬように」 柔らかく笑う威月に、小春は一瞬見惚れたようだ。

ほわっと頬を染め、ごまかすようにお守りを持ってはしゃぐ。

「やったあ。神様から手渡し！　ご利益間違いなしだね」

紗那も頬が緩む。

しかし小春はすぐにしゅんとしてしまった。

「じゃあ……これでお別れなんだね、紗那」

「小春……」

「紗那の花嫁姿、見たかったな。テレビ電話とかできないの？」

「神世は電波ないの」

「だよねえ」

神世は俗世と地続きのようでいて、実は別の空間にある。

「あー寂しい！　絶対忘れないでよね紗那！」

小春はぎゅうっと紗那を抱きしめる。

寂しさが急に込み上げて、紗那は涙を溢れさせた。

「忘れないよう」

この俗世で、紗那が最も心を許せた人間が小春だった。

彼女や友人たちがいなかったら、俗世での生活はもっと悲惨なものだったかもしれない。

「……文《ふみ》でよければ、やりとりできるように計らおう」

抱き合ってわんわん泣く女子ふたりが離れようとしないので、威月がそう呟いた。

「やったあ」

「ありがとうございます、威月様！」

紗那は泣いたまま笑った。

また手紙を送ることを約束して、紗那は小春の部屋をあとにした。

「順番を間違えたかもしれません」

紗那はぐずっと鼻をすすった。

小春との別れが俗世での最後なら、いい思い出として残るような気がするのに。

これから向かうのは、つらい思い出ばかりの吉岡家。

「我がいる。心配するでない」

威月が紗那の手を強く握りしめる。大きくてごつごつした男性の手の感触に、紗那はドキリとした。

「そうですね」

紗那は威月の体温を感じ、心強く思った。の、だが。

「いざとなればふたりとも亡き者にしてやろう」

「物騒！」

「我はそなたを傷つけるものには容赦せぬ」

にやりと笑う威月は、外国の童話に登場する悪い狼そのものだった。

紗那は「できるだけ穏便に済みますように」と、心の中で願った。

吉岡家の前に着いた紗那は、緊張した面持ちでチャイムを鳴らす。

「おかえりなさい」

出迎えたのは、見たこともない笑顔の叔母だった。

逆に不気味すぎて、紗那の背中が震える。

「このたびは……きちんとご挨拶をしようと……」

「まあまあ堅苦しい話は入ってからにしましょう。どうぞどうぞ」

叔母はふたりを招き入れる。

（やけに機嫌がよさそうだけど、どうしたんだろう。怖いよ）

草履を脱ぐとき、紗那はあることに気づく。

たたきの隅に、やけに若々しいデザインのパンプスが置いてある。

（まさか）

リビングに入ると、嫌な予感は的中した。なんとそこには吉岡夫妻だけでなく、喬牙に嫁いだはずの穂香がいたのだ。

穂香は紗那とは違い、実家から持っていったと思われる、流行の洋服を着ている。喬牙のところでは、どんな服を着ていてもいいらしい。

威月も別に着物でなければいけないとは言わないが、紗那が制服以外の服をほとんど持っていなかったので、着物を提供しているのだ。

「あなたたちが来るって聞いたから、穂香も里帰りしてきたのよ」

穂香は紗那と目を合わせようとせず、威月に向かって笑いかけている。

(どうしてわざわざ穂香を呼んだの。私たちの仲が悪いことは知っているはずなのに)

吉岡一家がなにかを企《たくら》んでいるのではないかと疑いそうになる紗那である。

(それに、俗世に住む神の花嫁は、こんなに簡単に帰ってこられるの?)

紗那は今しがた、友人と別れを告げてきたところだ。

不公平さを感じたが、それは今追及すべきところではない。

帰る実家があるといううらやましさを振り切るよう、紗那は首を振った。

自分には実家はないが、みんなが温かく迎えてくれる嫁ぎ先がある。

そう思うことで平静を保った。

「威月様、私はまず荷物をまとめてきます」

「手伝おう」

「いいえ、大丈夫です」

紗那はひとりで自室だった場所に向かう。

吉岡一家の顔を見ていると、動悸《どうき》がおさまらなくなる。

(ダメだなあ)

ちゃんと今までのお礼を言おうと思って来たのに、逃げてしまった。

意気地なしの自分が嫌になる紗那だった。

一方、威月は心配そうに紗那が行ったほうを見ていた。

残された彼を気遣うように、叔母が話しかける。

「狼神様、無礼な姪をお許しください。狼神様をお待たせするなんて。ささ、こちらへどうぞ」

威月はすすめられたソファに腰を下ろす。小春のところと同じように、飲み物と茶菓子を出されたが、威月はそれに手をつけずに答える。

「無礼はこちらのほうだ。段取りをすっ飛ばして紗那をもらってしまった。今まで保護してくれたこと、礼を言う」

「いいえ、いいえ。でもなぜ高位の神様であるあなた様が、平凡なあの子を選ばれたのです?」

上目づかいで聞いてくる叔母を見下ろし、威月は視線を逸らした。答える気はないとでも言うような態度に、吉岡夫妻はたじろぐ。

「ほ、ほら男女間のことは本人たちにしかわからないですものねえ」

「あなたは黙ってて」

フォローしようとした吉岡氏を制し、叔母はぐっと背を伸ばした。

「狼神様、お願いがございます」

そっぽを向いた威月の瞳だけが動き、叔母をとらえる。

「どうか、この穂香も狼神様の花嫁にしていただけませんか」

叔母の隣に、穂香が進み出る。

胸元が大きく開いた洋服を着た穂香は、自信ありげに威月を見つめた。

「どういうことだ。その者は狗神・喬牙殿の花嫁であろう」

「まだ、正式にはなっておりませんわ」

威月は親子に向き直った。

「喬牙様は私の他にふたりも奥様がおいでです。私は婚儀は済ませたけれど、初夜はまだ済ませておりません。奥様方が邪魔をするのです」

自分の境遇を切実に訴える穂香を、威月は冷えた目で見据える。

穂香が言っていることが本当か嘘か知らないが、どうでもよかった。

「他の嫁のことは知っていて嫁いだのであろう」

威月の指摘に穂香は黙ってうつむく。叔母はその肩を抱き寄せた。

「この子はまだ十八です。これから一生夫に愛されない生活をするのかと思うと……かわいそうとは思いませんか」

「それは嚙牙殿と、その奥方たちに訴えるがいい」

威月の声は聞こえているはずなのに、叔母はそれには答えず、自分の言いたいことだけを一気に吐き出す。

「穂香は見た目も麗しく、頭の回転も速い子です。血筋だって、れっきとした巫女の血筋です。紗那と比べてもなにも劣りません」

必死に訴えられれば訴えられるほど、威月の心は冷えていく。

(やはり、人は愚かだ)

深いため息を吐き腰を浮かせると、紗那がリビングに飛び込んできた。

「あのっ、私の机の鍵を壊しましたか？」

焦って早口になる紗那を、舌打ちでもしそうな顔で睨む吉岡親子。

「どうした紗那」

「威月様。両親の……母の形見がなくなっていて」

紗那が机の引き出しを開けると、そこはからっぽだった。

少しだけあったはずの衣類や学用品もすべてなくなっている。

他の物はなくてもかまわないが、母の形見の指輪だけはそうはいかない。

「そなたら、知っておるか？」

威月が吉岡親子を見る。

「私は今日久しぶりにここに来たのでわかりません」

穂香が首を横に振る。

「そなたたちは」

ぎろりと睨まれた吉岡氏がズレた眼鏡を直して答える。

「も、もう帰ってこないと思って片付けました」

「ちょっとあなた」

「だって、嘘ついたって仕方ないよ。バレるに決まってるだろ」

コソコソと言いあう声は、しっかりと威月にも紗那にも聞こえていた。

「片付けるのはわかる。我がいきなり紗那を攫《さら》ったのが悪い。その片付けたものを紗那に返してくれぬか」

威月の口調が多少和らいだ。吉岡氏は叔母の顔を窺っている。

「捨てました」

「えっ」

「全部、捨てました。俗世の物は神世に持ち込めぬと、昔学園で習いましたので」

叔母はさも当然といった顔で答えた。

そういえば叔母も学園出身であることを、紗那は思い出した。

それもびっくりだが、私物を勝手に片付けられていたことも驚愕《きょうがく》だ。

「たしかに、あまりたくさんのものを持ち込むのは好ましくない」

「そんな……」

威月の発言にしょげる紗那。

机の引き出しには鍵をかけていた。

鍵がかかっている場所にあるのは、大事なものと決まっている。

それをわざわざ壊して開けてまで捨てるという行為は、紗那には理解できなかった。

（もう二度と会うことはないと思っていたのね）

神世に連れていかれた自分と、吉岡夫妻がコンタクトを取る方法はほとんどない。

取ろうとすると、神世の入り口にある鳥居のところまで来て祈りを捧《ささ》げなければならない。

吉岡夫妻が自分の荷物のことでそこまでしてくれるわけはないと紗那はわかっている。わかっているけれど、くやしかった。

「そなたらはひとつ嘘をついている」

「はい？」

人差し指を立てた威月の指摘に、叔母が首を傾げる。

「指輪だけは、捨てておらんな」

威月の紅玉の瞳が光った。

すっと指さされた吉岡親子が魂を抜かれたように虚《うつ》ろな目をしたのは一瞬。

紗那は穂香の腰のポケットが光っているのを見た。

「そこだ」

威月は遠慮なく穂香のポケットを探る。

「あっなにを」

吉岡親子が正気を取り戻す。

しかしそのときにはもう指輪の箱は威月の手の中にあった。

「巫女の指輪は霊力が込められている。探すのは造作もないこと」

威月は紗那に箱を渡した。

紗那が箱を開けると、指輪は無事そこにあった。

（お母さんも巫女の家系だものね。お母さんの力がこれにこもってるんだ）

ホッとしたのもつかの間、威月の低い声が空間を不穏に揺るがす。

「喬牙殿の奥方は、泥棒の類であったか。喬牙殿によく伝えておこう」

「そんな、どうかご容赦を。それだけは穂香から喬牙様を通してそちらに返却しようとして渡したのでございます。忘れていただけで」

「嘘をつくな。価値ある品と知り、盗んで娘に与えたのであろう」

吉岡氏の訴えを、威月はぴしゃりと跳ねのけた。

本当のことだったからか、吉岡親子は反論しない。

「前言撤回する。そなたらは長年我が妻を虐げた。なかったことにしてやろうかと思っていたが、やはり許さぬ」

「虐げただなんて」

「我はすべてを知っておる。つい最近も、その娘からの贈り物で紗那の手が傷ついた」

吉岡氏は膝をつき、頭を抱えた。高位の神の怒りを買うことが恐ろしいのだろう。

威月が折り鶴の件を知っていたことに紗那は驚く。

あのとき彼はそのことについて触れなかったから、気づいていないと思い込んでいたのだ。

「すべてですって？」

震える声で叔母が言った。紗那はドキリとする。

目の前にいるのは紗那が知っている叔母ではなかった。

普段からどんよりしたオーラを纏《まと》っていたが、今はその上に怒りが迸っているように感じる。

「神様は人間のことなんて知らないわ。私がどんな思いでその子を育ててきたのかも」

突然豹変して声を荒らげる叔母を、威月以外が不気味なものを見る目で見た。

妖に取り憑かれたような彼女に、娘の穂香でさえ怯《おび》えている。

「その子の母……私の姉は、強い霊力を持っていた。血筋が持つ巫女の力を、一身に受け継いでいたのよ。その指輪も、両親が姉だけに与えたの」

それは紗那がまったく知らない話だった。

「姉は学園でも優等生で、高位の神の花嫁にも推薦された。私は生まれてからずっと姉と比べられ、ゴミみたいな霊力しかないって嗤《わら》われて……なのに、姉は推薦を蹴って、あろうことか駆け落ちしたのよ。なんの力もない、普通の人間と」

叔母の言葉の端々に積年の恨みを感じ、紗那はごくりと息を呑んだ。

『ママはね、パパのことがだーいすき』

遠い記憶にある、母ののん気な声が脳内でこだまする。

だいぶ面影も忘れてしまったが、両親の仲がよかったのはうっすら覚えている。

「私は代わりに神の花嫁に立候補した。でも、神は私を受け入れなかった」

叔母はくやしそうに唇を噛む。その顔は穂香そっくりだった。

「両親はがっかりして、すべての気力を失ってしまった。残っている私には目も向けず、姉を探し回っていた」

しかし姉は自分の周りに強力な結界を作っていたのか、学園の職員や両親が必死で探しても見つからなかったと、叔母は言った。

たしかに紗那の両親は身元がすぐ割れそうな、サラリーマンではなかった。

海の見える街で喫茶店のようなことをしていたのを、紗那は思い出す。

町中に漂う潮の香り。漁師や漁港関係者の手のにおい。

紗那の体に刻まれた懐かしい記憶がよみがえる。

（私はあの街の人たちが好きだった）

気のいい人が多かった気がする。まるで威月の社に住む遺狼たちみたいな。

「両親が早死にしたのは、姉のせいよ。姉が私からすべてを奪っていった」

紗那の意識が現在に戻る。

「私が産まれる少し前におばあちゃんたちは死んだのよね」

「そう。穂香を妊娠している私を見て、『あの子も子供を生んだのかね……』ってブツブツ言ってたわ。孫ができても私を通して姉を見ていた。死ぬまで、ずっと」

叔母の話はそこで途切れた。

(それは気の毒だけど、お母さんだって悪気があったわけじゃないと思う)

紗那は自分の母が悪くないと信じたかった。

自分がいるから妹が不当な扱いを受けるのだと思って、吉岡家から距離を取ったのではないか。

今となっては、確認のしようもない。

単純に紗那の父が好きで、それ以外すべて捨てて自分勝手に駆け落ちした可能性もある。

なにも言えない紗那の代わりに、威月が口を開く。

「自分が幼い頃にされてきたことを、姉の子供にそのままやり返す、か」

叔母は誰にも認められなかった。それがくやしくて悲しくて、紗那の母を恨んだ。

だから報復として、紗那に同じような扱いをしてきた。

「そうよ、なにが悪いの」

むきになって言い返す叔母に、威月は静かに問いかける。

「それでそなたは幸せになれたのか」

そこにいた誰もが顔を上げて威月を見た。

自分がされて嫌だったことを誰かにやり返して、それで幸せになれるのか。

他人を虐げることで一時の愉悦を味わったとして、それでどうなるのか。

「今度は紗那と我の子が、お前の孫に仕返しをしてもなにも悪くない、ということだな」

固まっていた叔母の表情がピクリと動いた。

自分の孫が高位の神の子の標的になったら。そう考えたのか。

「人の子らよ、自分のしたことを悔い改めよ。我が妻に謝罪をすればそなたらに害は与えぬ」

穂香は真っ赤になって紗那を睨みつける。

どうして自分が謝らなければいけないのかという顔だ。

叔母も同様、唇を噛んでうつむいている。

「威月様、もうやめてください。私はこれさえ返してもらえばそれでいいから」

吉岡一家が話の通じる人道的な一家だったなら、紗那もこれほどの孤独には陥らなかったはず。

なにを言っても彼らは自分の非を認めないし、紗那の存在を肯定したりもしない。

（叔母さんを歪《ゆが》ませてしまったのは、お母さんだったのかもしれない）

紗那は微かに記憶に残る母の思い出に問いかける。

（お母さん……）

母がなにを考えて家を出たのかは知らない。けれど、父を愛していたことはたしかだ。

叔母に対してどのような感情を抱いていたかはわからない。

とにかく紗那はもう、誰にも憎み合ってほしくなかった。

「叔父さん、叔母さん、今までお世話になりました。どうか、お元気で」

これまで寝る場所を与えてくれただけでも感謝だ。

ぺこりと頭を下げ、紗那はリビングを出る。

威月はそのあとを追おうとし、一瞬だけ振り返った。

「哀れな者どもめ」

低い声は彼が行ったあとも、吉岡親子の頭にこびりついていた。


「紗那」

吉岡家のマンションエントランスを出てすぐ、紗那は振り向く。

「威月様……あなたは人の心を見抜く、恐ろしい神様です」

紗那は胸を押さえ、うつむいてしまった。

母と叔母の確執は知らないほうがよかったのかもしれない。

単に自分が厄介者だから嫌われていたのだと思うほうが楽だった。

(お母さんのことで……私は悪くないのに、あんな仕打ちを)

急につらかった記憶が溢れ出す。

暴力こそふるわれなかったが、心はいつも殴打され、息絶える寸前だった。

「本当のことをズバリ言うのが最善とは限りません」

なにも知らなければ、このまま波風立てずに離れることもできたのかもしれない。

誰の心も、荒れずに済んだかもしれない。

過去を自分で抉った叔母のことを、紗那は心配していた。

彼女はいつもの彼女に、戻れるだろうか。

「でも、私はあなたが好きです」

黙って拳を握りしめていた威月が顔を上げる。

前髪の隙間から覗く紅玉の瞳が、紗那をとらえた。

「真っ直ぐなあなたが、好きです」

嘘や欺瞞《ぎまん》や、そういうものとは無縁の神。

きっと彼は、自分を裏切らない。紗那はそう期待する。

「だから、これからもあなただけは」

紗那の目に涙が溢れる。

ぽろりぽろりと、真珠のようなそれが頬を伝い、落ちた。

「あなただけは、私の傍にいて」

悲鳴のような訴えごと、威月は紗那を抱きしめる。

「約束しよう。我は未来永劫《みらいえいごう》そなたを離さぬ」

決然と言う声は心強く、紗那の胸を温める。

余計に溢れる涙が威月の着物を濡らした。

(これからはひとりじゃない)

涙が枯れたら笑おう。このままじゃ、威月や双子が心配するから。

もう大丈夫。なんの未練もない。

(私は威月様と生きていく)

紗那は力いっぱい、威月にしがみついた。


俗世から持ち込んだものは母の形見の指輪ひとつ。

そんな紗那は、自分でも意外なほどさっぱりと俗世への思いを捨てることができた。

小春に会いたいとは思うけど、俗世に帰りたいとは思わない。

娯楽や刺激は圧倒的に少ないけれど、平和に暮らせる神世を、紗那は気に入っていた。

「あっという間に満月ですね」

紗那の白無垢を着付ける遣狼が言う。

狼神は満月の夜に婚儀を執り行う。それが今夜なのだ。

ちなみに、犬や狼の眷属すべてが満月の夜に婚儀を行うわけではない。高位の狼神だけがそういうしきたりになっている。

「宴会の用意はできてる？」

「もちろんもちろん。お料理もありますし、歌も舞もございますよ」

いつも虐げられる側だった紗那は、もてなされることに慣れていない。

なにも仕事が割り当てられないことが、逆に不安だった。

「できましたよ。なんて可憐《かれん》なんでしょう」

遣狼は紗那の前にある姿見を覗き込む。

「素敵な白無垢……」

穂香が婚儀で着ていたのは色打掛だったが、紗那の衣装は朱色に縁取られた純白の白無垢。よく見ると銀の糸で扇と花が刺繍されている。

髪はそこまで長くないので日本髪は結えないが、低めの位置でふんわりとしたシニヨンを作り、白いユリの花で飾った。指には母の形見の指輪。

紅をさした唇は、まるで白い雲に浮かぶ花びらのよう。

「緊張してきちゃった」

神の婚儀に共通のしきたりはないという。

人間とは違い、神に永遠の愛を誓うなどということはしない。自分が神だからだ。

婚儀は花嫁（女神の場合は花婿の場合もある）の親族へのお披露目といった意味合いが強い。

さらに高位の神は、付き合いのある神々を招待し、花嫁を紹介する。

これが高位の神同士の結婚だと、日本中の神々がいっぺんに集まり、相当騒がしくなるという。

しかし神世のバランスが崩れることを懸念するからか、高位の神同士の結婚は今までに数件しかないらしい。

「大丈夫です。主様がついてますから」

遺狼に手を引かれて控えの間を出ると、廊下に威月が立っていた。

「わあ」

威月は紋付袴で、長い前髪をオールバックにしている。

「人型なんですね」

神々の前では巨大狼の姿になると思い込んでいたので、紗那はしげしげと威月を見つめる。

「とても素敵です」

着物姿は見慣れているが、紋付袴はまた別だ。

それに、前髪を上げているおかげで威月の端正な顔がよく見える。

「そなたも、今日は一段と美しい」

威月は柔和に微笑む。あまりの神々しさに、紗那は目がくらんでしまいそうだった。

事前に説明されていた段取り通り、紗那は威月とともに大広間に向かう。

「皆さま、新郎新婦の入場です！　拍手～」

そんな声とともに襖が勢いよく開けられた。

部屋の中を見て紗那は驚く。

四百畳はある大広間に、ずらりとお膳が並び、八百万とはいかないまでも、見たこともない多くの神々が並んでいた。

大蛇にしか見えない神、完全な人型でなんの神かわからない神、全身黒タイツに着物を着ただけのような異形の神、まるでコスプレイベントのよう。完全なカオス。

「おめでとうございます～」

あちこちから祝いの言葉と拍手が送られ、ふたりは他より一段高くなった上段と呼ばれるスペースに並んで立った。

「このたびは我が主のためにお集まりいただき、誠にありがとうございます。それではおふたりの婚儀を始めさせていただきます」

遺狼筆頭が部屋の端から大きな声で挨拶をした。

ふたりがお辞儀をすると、盛大な拍手が沸き起こる。

（よかった。ちょっと安心した）

高位の神の婚儀と聞けば、もっと厳かなものを想像していた紗那は、安堵で肩から力が抜けていくのを感じた。

「主様、なにかひとこと」

「えー、おほん。皆の者、忙しい中集まってもらい、かたじけない。こちらが妻の紗那である」

短い挨拶のあと、いきなり紹介された紗那。

神々の視線が紗那に集中し、急速に心拍数が上がったような気がした。

「さ、紗那と申します。よろしくお願いいたします」

緊張で赤くなった紗那はぺこりと頭を下げる。

隣の威月を見ると、目が合った。彼は柔和に微笑む。

「我らは皆の前で、夫婦《めおと》になることを誓う。な」

「は、はい」

覗き込まれて反射的にうなずく紗那を、神々は温かい目で見守っている。

「堅苦しいのは抜きにして、ここからは気楽にやろう。好きに騒ぐがよい」

威月がそう挨拶すると、神々から拍手が起こり、おさまると大宴会が始まった。

ふたりも出された座布団に座り、神々の宴会を見下ろす。

「すごい光景ですねえ」

さすが高位の神。喬牙の結婚式は穂香の親戚が主で、他に目立った客人はいなかった。

これだけバラエティ豊かな神に祝われるということは、威月の顔がどれだけ広いか、彼がどれだけ慕われているかを物語っている。

紗那はキョロキョロと招待客を見回す。

学園の授業でいろんな神々について学んだが、こうして実物を見る機会はそうそうない。

(蛇の神様、卵を丸呑みしてる。あ、あっちはひよこの神様？　何柱も集まって、めっちゃかわいい)

神々の横には遣いの眷属や妻が寄り添っている。

紗那はその中に、見知った顔を見つけてしまった。

「うわっ」

思わず声が出る。

彼女の視線の先には、つい先日揉めた従妹、穂香とその伴侶、喬牙がいた。

喬牙の両隣は他の女性が陣取っており、穂香は喬牙の後ろでうつむいている。

両隣は穂香が嫁ぐ前からいる奥方たちだろう。

奥方たちと喬牙は明るい表情で宴を楽しんでいるように見える。

そんな中穂香だけが、じっとおとなしくていた。

「あの、どうして従妹を呼んだのです」

紗那は威月に耳打ちした。

威月は紗那と穂香の仲が悪いのを知っているはずだ。なのになぜ。紗那は聞かずにいられない。

「喬牙やその妻を呼ばなければ、周囲の神が彼を侮るようになる。その雰囲気を察知した妖が彼の領地で狼藉《ろうぜき》を働く。結果彼の領地が荒れると、人に迷惑がかかるでな」

「そうなんですね。そんな影響が……」

高位になればなるほど、世の中全体の調和も考えなくてはならない。

好き嫌いで行動できる叔母や穂香のほうが自由なのでは……と思う紗那であった。

「威月殿！　このたびはおめでとうございます！」

わらわらと神々が前に集まってきたので、紗那から穂香の姿は見えなくなった。

「ささ、どうぞどうぞ」

人の大きさほどもあるカエルが威月に酒をすすめる。

神だとわかっていても、紗那は少し怯えてしまった。迫力がありすぎる。

「威月殿が結婚されると聞いて、みんな噂しておったのです」

「いったいどれほど素敵な奥方様なのかと」

「ほんにまあ、かわいい花嫁様じゃあ」

コロコロ太ったタヌキと人型の神が紗那にも酒をすすめる。

（どうしよう、私飲めない）

酒を飲んだことがない紗那は、盃《さかずき》を持って固まる。

神世では「お酒は二十歳から」なんて言う者はいない。

（飲んでもいいかもしれないけど、もし気持ち悪くなったら、この場が台無しになっちゃう。でもおめでたい場でお酌を断るのも……）

悩む紗那の手から、盃をひょいと取り上げる長い指。威月だ。

「すまぬな。妻はまだ酒が飲めぬ」

威月は紗那の盃になみなみと注がれた酒をぐいと飲みほした。

長い首のラインに見惚れる紗那の視線を知らずか、威月は盃を別の神に差し出す。

「そなたらの祝福、我がすべて受けよう」

少しも酔った様子などない威月が微笑むと、神々もニッとうれしそうに笑った。

「そうこなくては」

次々に新たな神が入れ代わり立ち代わり来てお酌をしていく。

紗那が心配になるくらい、威月は大量の酒を飲んだ。

「いつになくノリがいいのう。よほど花嫁様を迎えられてうれしいのじゃな」

「それはそうだ。長年待ちわびた花嫁だからな」

威月はぐいっと紗那の肩を引き寄せる。

紗那はうれしい反面、人前で、いや神前でこのようなことをするのは恥ずかしい。

どんな顔をすればいいのかわからない紗那の前に、次の神が現れた。

「威月様、これは手渡ししようと思って持ってまいりましたぞ」

人型だが、顔の前に白い布がかかっている。布は宙に浮いており、紗那には意味のわからない文字のようなものが書かれている。

「この者は薬の神だ」

威月がそっと耳打ちした。

薬神は得意げに持っていた風呂敷のようなものを頭からかぶる。それを見ていた紗那は「あっ」と声を上げた。

なんと、薬神の姿が透明になって見えなくなってしまったのだ。

「ははは。驚きましたかな」

ばさりと音がして、薬神はすぐにその場に現れた。

「これは奥方様に。きっと役に立つこともありましょう」

「あ、ありがとうございます！」

「そなたが作ったのか。相変わらず実験好きだな」

どうやらこの風呂敷は薬神が開発したものらしい。

神は俗世で姿を現したり消したりするのに、術を使う。

もちろん人間にはそんな術は使えない。紗那は「魔法のアイテムを手に入れた」と少女のように胸が高鳴っていた。

神にとってはいらないものも喜ぶ紗那に気をよくしたのか、薬神は声を出して笑う。布に覆われて顔は見えない。

薬神は「またいいものができたらお持ちしますぞ」と言って宴会場に戻っていった。

「はじめまして、かわいい花嫁様」

「うらやましいほど輝いておいでですわ」

声をかけられハッと正気に戻った紗那は、薬神の贈り物を畳んで膝に置く。

（この人たち、喬牙様の奥さんたちだ）

さっき遠くから見た喬牙の妻ふたりは仲良さそうにくっついて行動している。

ふたりで持った屠蘇《とそ》器から威月の盃にお屠蘇が注がれた。

その様子を温かい目で見守る喬牙。

（あのプライドの高い穂香は、三人目の奥さんで平気なのかな）

紗那は自己愛の塊のような穂香が、喬牙の屋敷でギリギリ奥歯を噛んでいる姿を想像してしまい、少し気の毒に思った。

「おめでとうございます。これで私たちも遠い親戚ですね」

人の好さそうな顔の喬牙の言葉に、威月は薄い笑みで応えた。

いつ穂香が出てきてあることないこと叫びだすかと、紗那は気が気ではない。

そんな紗那の肩を、威月が再び引き寄せる。まるでなにかから守ろうとするように。

結局紗那の前に、穂香はいつまで経っても現れなかった。

（ふう……）

縁を切ったというのに、ことあるごとに紗那のストレスを増幅させる穂香。

吉岡家との生活は、強い呪いのようなものだったのかもしれない。

紗那は威月の胸に頬を寄せる。

（大丈夫。威月様が私を守ってくれる）

その様子を見て、紗那が甘えていると思ったのか、神々はますます盛り上がる。

「花嫁様といったいどこで知り合ったのです？」

「だいぶ昔だな。俗世にいる妻を偶然見つけた」

「運命の出会いですなあ」

質問攻めにされる威月だったが、そこへ遣狼が数名躍り出た。

「舞の時間でございます」

遣狼は人間の娘の姿になり、透け感のある軽やかな生地でできた着物を纏い、扇をひらひらさせる。

神々は拍手をし、舞手《まいて》のために下がって場所を開けた。

隅で笛や太鼓を演奏する狼たち、音楽に乗って舞う狼たち。

軽やかな舞は紗那の心も軽くした。

「みんな素晴らしいですね！」

「そうだな」

威月は紗那の肩を解放した。

その代わり、ぎゅっと手を繋ぐ。

もしかして、威月は自分が心細いのかもしれないと思って、肩を抱いていてくれたのだろうか。

そう思った紗那は威月の横顔を凝視した。

やっぱり酒に酔っているようには見えなかった。


大盛況のうちに、宴会はお開きとなった。

神々は威月と紗那に見送られ、それぞれ帰路につく。

その中に喬牙と穂香の姿もあった。

「かわいい花嫁様だったわね」

「本当に。素敵な白無垢だったわあ。お色直しした打掛もよかったわね」

「威月様は花嫁様にぞっこんって感じで」

ふたりの妻は宴会を大いに楽しんだようで、始終今日の主役の話をしている。

四人乗りの犬車《けんしゃ》——大犬《おおいぬ》が引く牛車《ぎっしゃ》のようなもの——で正面に乗ったふたりがきゃいきゃい騒ぐのを、穂香は苦虫を噛み潰したような顔で聞いていた。

狭すぎて逃げ場がない。かといって車から降りたら帰れない。

(ああ、忌々《いまいま》しい。どいつもこいつも消えればいいのに)

穂香は奥方たちになにを話しかけられても短く「はあ」としか返事をしない。

そのうち奥方たちは疲れたのか眠ってしまった。

威月なら十分で飛んでいける距離も、犬車では一時間ほどかかる。

「普段刺激がない分、たまに出かけたときくらいははしゃがないとな」

彼女たちを庇うような発言をする喬牙にも腹が立つ穂香だった。

「人前でいちゃつくなんて礼儀がなってない。あんなのが高位の神と花嫁だなんて、世も末ですよ」

招待状が届いた当時、穂香の欠席したいという申し出を、喬牙は却下した。

『お前がこれ以上失礼な行いを重ねたら、威月殿に睨まれるのは俺なんだよ。あの方は仮病を使ったってすぐに見抜くからな』

そう言われて仕方なくやってきたのだが、紗那の幸せそうな様子を見てしまい、穂香の機嫌はすこぶる悪くなった。

「いいじゃないか。今日くらい浮かれても」

喬牙は笑って相手にしない。

(どうしてよ。どうして私は三人目の妻なのに、あいつはひとりなの。あんなにいい着物を着て、大規模な宴会を開いてもらって。舞手も奏で手も何人いた？　遣いの数

もこっちとは桁違い)

それよりなにより、紗那が威月に愛されて幸せそうにしているのが一番気に食わない。

(あいつ、きっと三番目の私を見て、今頃嗤ってるに違いない)

穂香は惨めだった。

こんなはずではなかったと奥歯を噛みしめる。

どうしても目の前で祝福する気にはなれず、手洗いに行くと言ってその場を離れた。

(全然違う。こんなはずじゃない。華やかな場でみんなに祝われて、幸せになるのは私のほうだったはずだ)

騙して出し抜いて、自分が狗神の花嫁になった。

絶望する紗那の顔を見て、胸がスーッとしたものだ。

なのに、なにがどうしたのか紗那は狼神の花嫁に選ばれ、自分よりよほどいい待遇を受けている。

そして、紗那から横取りした立場に満足していない無様な自分を嗤っているのだろう。

そう思うと、穂香はいても立ってもいられなくなりそうだった。

喬牙はそんな穂香になにも言わず、窓の外を見つめていた。


片付けが終わり、静まり返った威月の大社。

双子も遊び疲れて、眠ってしまった。

紗那は湯あみをし、遣狼に案内されて威月の寝室へ向かう。

「では、失礼します」

紗那を送り届けると、遣狼はササッと足早に去っていく。

「威月様、紗那です」

かける声が少し震えていた。

それもそのはず、紗那は極度の緊張の中にいる。

鼓動をおさめようとさっきから深呼吸を繰り返しているが、効果はない。

「ああ」

短い応答があったので、紗那は静かに襖を開け、中に入った。

広い部屋の奥に天蓋がついた四角のスペース。その中に人型の威月が座っていた。

「おいで」

手招きをされ、紗那はゆっくりとそちらに近づく。

重い花嫁衣装と違い、今は白い夜着に薄い羽織物だけで心細いくらい軽い。
天蓋の中には周りより一段高くなっている帳台《ちょうだい》がある。
和風ベッドのようなものだな、と紗那は理解した。
帳台の上には布団が敷かれている。もちろん一組のみ。
（とうとう……）
紗那は無意識に唾を飲み込んだ。
湯あみの時点から、胸が痛いくらいに高鳴っている。
逃げ出したいくらいに緊張しているが、そうはいかない。
帳台の前で立ちどまってしまった紗那の手を、座ったままの威月が引く。
「あっ」
意外に強い力に引っ張られて足を滑らせ、紗那は威月の胸の中に飛び込んでしまった。
威月は紗那を抱いたまま、布団の上へ引き寄せる。
長い手が天蓋の紐を引っ張って入り口の幕を閉じた。
「待っていた。我が花嫁」
威月は流れるような動作で隅にあった蝋燭《ろうそく》の灯りを吹き消す。

暗闇の中、微かに差し込む月明かりと威月の赤い目の光だけが、紗那を照らした。

「怖いか」

横たえた紗那の上から威月が尋ねる。

手足をついた姿勢は、二本足で立っているより自然な気がした。

「はい、少し」

正直に答えた紗那。威月はふっと笑いを漏らす。

「そうだろうな。だが、待てぬ。そなたには正式に我が妻になってもらう」

威月の声に、紗那は小さくうなずいた。

神の花嫁になるということは、神と繋がるということだ。

こうなることは覚悟してきた。

(大丈夫かな)

帯を解かれ、襟を寛げられる。

今まで誰にも認めてもらえなかった自分のすべてをさらけ出すのは、紗那にとってとても勇気のいることだった。

(どうか、無事に終わりますように。どうか、どうか……)

威月が自分にがっかりするのではないかと恐れるあまり、紗那は心の中で悲鳴を上げるように祈っていた。
暗闇に慣れてきたと言っても、紗那の目はその場のすべてをとらえることはできない。
しかし威月にはすべてがはっきり見えているのだろうと思うと、羞恥が倍増した。
よどみなく動いていた威月の手が、ふととまる。
なにか気に食わないことがあったのかと、紗那は一層身を固くした。しかし。
「そなたは美しい」
はっきりと威月は言った。
紗那は目をぱちくりさせる。予想外の言葉だったので、咄嗟に反応できない。
「やっと愛しいそなたを妻にできる」
唇を寄せられ、紗那は慌てて目を閉じる。
乱暴さとはかけ離れた、繊細で優しい口づけが紗那の緊張を解かしていく。
（威月様）
紗那の胸は、緊張とは別のもので高鳴りだす。
長い口づけをしながら、威月は紗那の幼さの残る裸身を愛撫《あいぶ》する。
細く甘い声が自分の口から洩《も》れ、紗那は驚いて口を閉じた。

「素直に声を出せばよい」

狼が獲物を捕食するように、威月の唇が紗那の体のあちこちを貪る。

紗那は体の奥から湧き上がる快感と、自分が威月に求められているといううれしさで泣きそうになっていた。

初めての感情がいくつも押しよせ、自分でもどうしていいかわからない状態だ。

「もう二度と離さぬ。覚悟せよ」

宣言した威月は、時間をかけて準備した紗那の中に侵入を果たす。

紗那は威月の言う通りに呼吸を合わせるのに必死だった。

それ以外のことは、なにもわからなくなっていた。


自分でも知らぬうちに紗那は眠りについていた。

(なに……?)

異変を感じ、重い瞼を開けようとする。

しかし、何者かに術をかけられているようで、瞼は開かず、体も動かない。

(どういうこと?)

紗那は視覚以外の五感を研ぎ澄ませようとした。

自分以外の人の気配がする。ひそひそと話す声があちこちから聞こえる。

しかしその声のどれも、紗那には聞き覚えがなかった。

(ここはどこ。私はどこに連れてこられてしまったの)

彼女の全身を恐怖が駆け抜ける。

意識ははっきりしているのに、どうして体が動かないのか。

自分の手が腹の上で組まれていることも、硬いなにかに縄のようなもので体を括りつけられて横たえられていることもわかるのに。

『そろそろ時間だ。巫女を運べ』

彼女の体がふわりと浮く。自分を括りつけた板のようなものを、数人で運んでいるようだ。

土を踏むような音のあとに、水のにおいを感じる。

潮の香りとは違う。雨に似た、木や土を湿らせる水のにおい。

なぜ自分がそんなにおいを知っているのか、紗那は不思議に思う。

(威月、威月……!)

バシャバシャと自分を運ぶ者たちが水に入ったような音を聞き、紗那はさらに恐ろしくなる。

男たちのかけ声とともに、紗那は背中が湿るのを感じた。

水の上で、板を離されたのか。

そう思いついたのもつかの間、彼女を乗せた板は水の中に沈んでいく。

なす術もなく、呼吸を奪われる。

冷たい水の中に沈んでいく途中、紗那は意識を失った。


「あぁっ！」

自分の大声に驚き、紗那は目を覚ます。

今まで走っていたかのように息は乱れ、汗が全身をじっとりと濡らす。

（夢……？）

紗那は全身が水に濡れて沈んでいく感覚をうっかり思い出してしまった。

夢だったのだ。

ここには自分以外の人間はいない。

紗那は深い息を吐いた。

「どうした？」

不意に隣から低い声がして、紗那はそちらを見る。

「威月様……」

つい数時間前に正式な夫となった威月が、紗那の目を覗き込んでいた。

彼は素肌のままで、紗那の額の汗をぬぐう。

「怖い夢を見ました」

「ほう。どんな？」

優しい手つきに安心し、紗那は夢の断片を話す。

ものすごくリアルな夢だった気がするが、起きた途端に遠い世界に感じるのが不思議だった。

「私は〝巫女〟って呼ばれたんですけど……もしかして、ご先祖様の夢なのかも」

自分が巫女家系の末裔《まつえい》だと聞かされたのは、ごく最近だ。

無意識でそのことを気にしていたから見た夢なのかも、と紗那は思った。

「夢の中で、私はあなたのことを呼んでいました」

心の中の悲痛な叫びは、威月には届かなかった。

紗那の話を神妙な顔で聞いていた威月は、ゆっくりと口を開いた。

「我は誕生してから千年はゆうに超えておるからな。巫女の中に我と知り合っていた者がいてもおかしくない」

でも、夢の中の自分は威月を呼び捨てにしていた。

巫女が神と人間の橋渡しをしていたとしても、神を呼び捨てにしたりするだろうか。

紗那は疑問に思ったが、口にする前に威月が続ける。

「なんにせよ、夢の話だろう？　現実のそなたは我の腕の中にいる。安心して眠れ」

甘くささやかれ、紗那は昨夜のことを思い出した。

急に恥ずかしさが込み上げ、威月に背を向けた。

（昨夜、威月様とあんなことやこんなことを……）

初夜の思い出が夢の衝撃を忘れさせる。

「もう少し……寝ます」

「そうするがよい」

紗那は目を閉じて、今度こそいい夢を見られるように願った。

初夜から三日後、紗那は威月とともに社の入り口に立っていた。

「やだ～一緒に行く～！」

「僕たちも紗那と行くの～！」

威月と紗那はこれから、いわゆる新婚旅行に出かける予定だ。

披露宴でも端っこに追いやられ、夜は紗那を威月に独り占めされるようになり、双子は紗那と触れ合えないフラストレーションを爆発させ、号泣していた。

「威月様、連れていってあげましょう。きっと楽しいですよ」

双子がかわいそうになり、紗那が折れた。しかし威月は眉間にシワを寄せたまま。

「だがこやつらのやかましさは、尋常ではないぞ」

「うわわわあああああー!!」

けたたましい二重奏に、威月は思わず耳を塞ぐ。

「いい子にしてるよね、ふたりとも」

紗那が頭を撫でると、双子はぴたりと泣きやんでうなずく。

威月は舌打ちをした。

「我はそなたとふたりきりが望ましい」

「そう言わずに。この子たちが大きくなったら、いつでもふたりきりになれるでしょう」

「はあ。仕方ない」

とうとう威月が折れると、双子は「わーい」と飛び跳ねる。

遺狼たちに見送られ、四人は車に乗って出発した。

車と言ってももちろん自動車ではなく、きらびやかな屋形に大きな車輪がついた、術で動くものである。犬車と違い、車を引く遣いはいない。

「私、旅行って修学旅行しかしたことないんです。神様にも新婚旅行ってあるんですね」

紗那は広々とした車の中で隣に座った威月に笑いかける。

向かいでは楽な着物を着た双子がふたりで会話していた。

「神によってしたりしなかったりだな。場所も限られるし」

「へえ」

人間は地球上どこでも旅行先に選べるが、神世はそこまで候補がない。外国の神世とはまた領域が違うので、行き来はほとんどないという。

「どんなところなんですか？」

「着けばわかる」

「ですよねっ」

塩対応されても、紗那はにこにこと笑っている。

数十分後、四人は目的地に着き、車を降りた。

「わあ……！」

紗那と双子は感嘆の声を上げる。

目の前にはまるで俗世の温泉街のような光景が広がっていた。

大きな川の左右に坂があり、商店が連なっている。

その奥には旅館らしき大きな建物がぽつぽつと山に守られるように建っていた。

「ここはもしかして」

「温泉の神が統治する、温泉街だ」

川にかかる橋の途中に、なぜか銅像が置いてある。

まん丸おなかの、でっぷりしたおじいさんの像は、たれ目でにっこりと笑っている。

おでこに温泉の地図記号に似た印が描かれた彼が、温泉の神に違いないと紗那は思った。

あちこちの商店からいいにおいがする。どこの店も様々な神でにぎわっていた。

「あら、新婚さん。いいわねえ」

「この前はありがとう」

婚儀に出席してくれた神とすれ違い、挨拶を交わす。

人間から見れば異形の者たちだが、紗那はもう見慣れてしまった。今では人間より親しみを感じる。

「さて、どこから回ろうか」

食事処はもちろん、甘味処、射的などができる遊戯所もあり、紗那は迷う。

そんな紗那の手を、威月は握る。指と指を絡ませ、簡単には解けないように。

ぽっと頬を赤らめる紗那を微笑んで見つめる威月。彼のそんな仕草など見ていない双子が叫ぶ。

「紗那、温泉まんじゅう食べようっ」

「麦、それは古い。今流行ってるのは温泉プリンだし」

「じゃあ、どっちも！　早く！」

食べ物を食べなくても神は生きていけるが、旅行に来たらその地の名物を食べたくなるのは人間と同じらしい。

「待って待って。順番にね」

ぐいぐいと空いているほうの手を引かれ、紗那は連れていかれる。

威月は仕方なく、三人について回った。

あちこちに湧いている足湯に浸かりながら、双子が食べたいものを食べる。

俗世と変わらぬバラエティ豊かな商店街に、紗那は驚いた。

温泉卵が乗ったかき氷を、威月はしげしげと見つめる。

かき氷はただの氷ではなく、雲と雪とでできており、現世で言うソフトクリームのような質感となっていた。

カップの底には細かいあられ、その上に温泉卵とかき氷。

「なるほど、卵の黄身とクリーム状かき氷が融合すると、カスタードクリームのような味わいになるのですね。これはおいしいのです！」

テンションが上がっておかしな話し方になった紗那を真似して双子も「おいしいのです！」と連呼する。

威月も恐る恐る温玉かき氷を口に運び、ごくりと飲み込んだ。

「うん、まあ……こういうものなのだな」

長年俗世の食事に手を出してこなかった威月は、正解がわからない。

「ふふ。あ、威月様ついてますよ」

威月の口の端についたソフトクリームを、紗那がハンカチで拭く。

なぜかとてもうれしそうな紗那に、威月もつられて笑顔になる。

「いつもと表情が違うな。そんなにこれがうまいなら、やるぞ」

「え？　いえいえ、どうぞ食べてください」

紗那はまだわずかに残っているかき氷をつつきながら、頬を染める。

「変なテンションでごめんなさい。私ずっと、家族旅行に憧れていたから……こうしてみんなで過ごせることがうれしくて」

夢中で木の匙を使う双子を見て、紗那はますます目を細める。

彼女は家族というものに縁がなかったので、もちろん家族旅行などしたことがない。吉岡家が出かけるときは、必ず置き去りにされ、寂しく留守番していた。

「それに、素敵な人とのデートも夢見てました」

「デート？」

「恋仲の男女が、ふたりで仲良く一日を過ごすことです」

「ほう」

紗那の初恋は威月なので、夢見るのはいつも威月のことだった。

学園にも何組かカップルがいて、小春にも好きな人がいた。

自分はそういう光景を見て、威月（当時は名前も知らなかったが）が同じ学校だったらなあと、よく妄想したものである。

「じゃあ今回は初めての家族旅行で、デートで、さらに新婚旅行か」

威月が指を折りながら確認すると、紗那は笑顔でうなずいた。

「私今、とーっても楽しいです。こんなに楽しい気分になったの、生まれて初めてかもしれません」

紗那が笑いかけると、威月は空いている手で彼女の肩を抱き寄せた。

「そなたは昔から、苦労ばかりしている」

威月の顔は紗那から見えない。その代わり、声はよく聞こえた。

どうしてかつらそうな、低い声。

「苦労だなんて……」

同情されていると思うと、悲しくなる。紗那はまつ毛を伏せた。

「あーっ主様、かき氷溶けちゃう！」

双子の声で、ふたりはぱっと体を離す。

「やる」

「わーい！」

威月は溶けかけたかき氷を双子に与えた。

「さあ、次はどこに行きましょうか」

どこで手に入れたのか、温泉街案内図を持った紗那が目を輝かせていた。

温泉街を気が済むまで楽しんだ一行は、宿泊先の旅館へ向かった。

このエリア内でも最大規模の旅館は、俗世の旅館と変わらぬ清潔さとよいサービスで、紗那は安心した。

違うことと言えば、旅行客が人間ではなく、皆神だということだ。

大宴会場で優雅な舞を堪能したあとは、それぞれの部屋に食事が運ばれる。

紗那の部屋には、鮮魚や和牛など、高級食材を使った料理が用意された。

何種類ものお造りに、茶わん蒸し、お吸い物、てんぷら、ステーキなどなど。

テーブルの上にぎっしりと並んだ料理に、双子たちはらんらんと目を輝かせた。

「すごいねえ」

「おいしいねえ」

威月の社でも人間の食べ物と同じようなものを食べられるが、そのほとんどが家庭料理だ。

このようなプロ仕様の料理が初めてなのは紗那も同じで、双子の気持ちがすごく理解できた。

「どうだ、紗那」

「とってもおいしいです！」

語彙がないと思われそうなシンプルな答えだった。

食に執着のない威月でも、紗那がおいしそうに食べると、自分まで食欲が湧いてくるような気がする。

にぎやかな食事を楽しんだあとすぐ、双子たちは疲れていたのか、用意されていた布団に倒れこむようにして、すやすやと眠ってしまった。

「ふふ、かわいいですね」

人型だと布団をかけなければと思うが、寝た瞬間にふたりとも子狼の姿になったので、そのままにしておくことにした。

「にぎやかだったな。よほど楽しかったのだろう」

威月も微笑み、灯りを消して双子が寝る部屋の戸を閉める。

「お風呂も入らずに寝ちゃった。あ、神様は入らないでも大丈夫でしたね」

しかし、せっかく温泉に来たので、湯船に入れてやりたいような気もする。

「朝風呂に入れてやればいいだろう」

威月が言った。ムリヤリ起こすのもかわいそうなので、紗那も賛成した。

「大浴場があるんですよね。人間は私だけでしょうか。緊張しますね」

宿に大浴場があるというのを案内図で見たが、女湯が自分以外みんな女神だったら緊張しちゃうなと思う紗那である。

「入ってはならぬ。大浴場は混浴だから」

「ええっ」

「神同士では風呂で裸になるのは当たり前で、お互いいやらしい目で見たりしないのが暗黙の了解だ。だがそなたはならぬ。他の誰にも見せるわけにはいかぬ」

混浴なら、紗那も入りたいとは思わない。

かわいい動物型の神だと油断しそうになるが、中身はおっさんかもしれないのだ。

「でもお風呂……」

大浴場に入れると思っていた紗那はしゅんとする。昼間の足湯では物足りない。

「心配するな。こっちに来るがいい」

「はい？」

威月が襖を開けると、その奥にドアがあった。

「も、もしかして」

ゆっくり近づいた紗那がドアを開けると、ひゅうと外気が入ってくる。

「わあぁ……」

紗那は自分の目を疑った。

外には、一面の星空が広がっていた。宇宙空間に浮くように、ヒノキの浴槽がでんと存在している。浴槽からは透明の湯が溢れ出ていた。

「まさかの露天風呂付き客室！」

紗那は恐る恐る宇宙空間に足を踏み入れた。

そこにはきちんと重力と床が存在している。威月の幻影と同じようなものだろうと紗那は理解した。

「よし、入ろうではないか」

「えっ」

するりと着物の帯を解きだした威月のほうを、紗那は思わず振り返った。

「どど、どうぞお先に」

狼の姿のときは毛皮なわけだし、彼にとっては裸のほうが自然なのかもしれない。

しかし人間の紗那には刺激が強すぎた。とっくに夫婦になっているとはいえ、明るい場所で彼の裸を目の当たりにするのは初めてなのだ。

ドアの向こうに逃げようとした紗那の手を、胸元がはだけた威月がつかまえる。

「待て、逃げるな。そなたも一緒に入るに決まっているだろう」

「一緒に⁉」

毎夜一緒の褥《しとね》にいるものの、入浴はしたことがない。

「嫌です恥ずかしい！」

「恥ずかしいものか。もうお前のすべてを我は知っておるわ」

「それでも恥ずかしいですっ」

暗いところで抱かれるのと、明るいところですべてをさらすのはまったく違う。

「ならばこれでどうだ」

威月は一瞬で、柴犬サイズの狼に変化した。

「あ……」

その姿ならいけそう、と思ってしまった紗那である。中身は一緒なのに、相手が動物型なだけで羞恥に鈍感になる。

「よし、決まりだな」

体は柴犬サイズでも声は低いままの威月が、ジャンプして湯船に飛び込んだ。

「きゃあ！」

飛び跳ねた雫で濡れてしまった紗那は、観念して服を脱ぐことにした。

「し、失礼します」

紗那が湯船に入ると、背を向けて星空を見上げていた威月が振り返る。

目が合ったかと思うと、彼はあろうことかなんの予告もなく人型に戻った。

「わあ！」

「あの姿だと座りにくくてかなわぬ」

たしかに柴犬サイズだと、後ろ足を伸ばして前足で浴槽のふちにつかまっていなければ溺れてしまう。しかし、なんだか嵌められたような気がして、紗那はむくれた。

「ほら、上を見てみろ」

言われて頭上を見上げると、無数の星が煌めいている。

まるでプラネタリウムのような空に、紗那は感嘆を漏らした。

「解放感なんて言葉じゃ足りないですね」

ちゃぷ、と水面が波打つ。気づけば威月がすぐ隣にいた。

あっと思う間もなく紗那は唇を奪われる。

濡れた唇がしっとりと紗那の唇を包み込んだ。

「ちょ、威月様」

威月は紗那のあちこちに唇を這わせる。大きな手に洗われるように撫でられ、紗那は身をよじった。

「ここならば誰にも見られまい」

「ふ、双子ちゃんが起きてくるかもしれませんよ」

「あれらにはしばらく起きぬように術をかけておいた」

なんと用意周到な。紗那は呆気に取られる。

「最初からこうする気だったんですか？」

「当たり前だ。ここまで来てそなたと風呂に入らずにいられるか」

しれっと言う威月に、紗那が「もうっ」と怒る。

威月はじっと彼女の目を見つめた。

「社にはいつも遣いがいる。こうしてふたりきりになりたいと、ずっと思っていた」

「威月様……」

「我もたまには神ではなく、ひとりの男としてそなたを愛したい」

赤い目にとらわれ、紗那はなにも言えなくなってしまった。

威月は高位の神と崇められ、常に誰かが近くにいる生活に倦《う》んでいたのかもしれない。

紗那は観念して、威月の口づけを受け入れる。

彼のことを覚えたばかりの身体が、湯の中で熱く蕩《とろ》けそうになっていた。

水面は激しく波打ち、星空に溢れた。

すれ違うふたり

紗那と威月が蜜月を過ごしている間、吉岡夫妻は冷え切った夫婦生活を送っていた。

〝子はかすがい〟とはよく言ったもので、穂香が嫁いでから、ふたりの間に会話はほぼない。

威月が残していった冷たい視線と言葉が夫妻に暗い影を落としているのは明らかだったが、彼らはそれを認めず、心の中で自分たちを正当化するのに必死だった。

「なにが高位の神よ。あんなの祟り神だわ」

紗那の叔母はブツブツ言いながらゴミ出しをする。

油断すると頭の片隅から威月の顔がチラつく。

そういうとき叔母は、いつも愛しい我が子のことを思い起こすようにしていた。

彼女にとって、神の花嫁になった穂香だけが心の支えであり、誇りだった。

学園じゅうが、穂香の結婚を知っている。彼女は胸を張ってゴミ捨て場からエントランスに戻る。

エントランスに、穂香と同じ学年の子を持つ母親が三人集まっているのを叔母は発見した。仲良さそうに話す三人に、笑顔を作って挨拶をしようと、自動ドアから中に入ったそのとき。

「ねえ、ちょっと」

ひとりが入り口のほうに背を向けていたふたりにささやく。

ふたりは叔母のほうを振り返り、すぐに背を向けた。

三人は叔母にひとことも声をかけず、それぞれ持っていたゴミを片手に外に出ていく。

「なに……？」

いつも挨拶をし、ひとことふたこと世間話をする仲の三人だ。

どうしていきなり自分を無視するようなことをするのか。

叔母はムッとしたが、すぐに思い直した。

(妬んでるのね。穂香が神の花嫁になったから)

美人で優秀な娘を持たない、かわいそうな母親たち。私は違う。恵まれているから妬まれても仕方ない。そう納得し、叔母は部屋に戻る。

つまらない家事をこなし、あっという間に夜になると、夫が死人のような顔で帰ってきた。

「どうしたのよ」

夫があまりに陰気だったので、叔母は仕方なく尋ねる。

「実は、いきなり転勤を言い渡されて」

「えっ、は？　どうして？」

紗那の叔父は学園内の銀行に勤めている。役職は係長。

娘が神の花嫁になると世間の評判は上がるのが一般的で、叔母は夫が支店長になる日もそう遠くないと踏んでいたのだが。

「転勤ってことは、学園外にってことよね」

「そう……もう娘も姪も退学したなら、学園にいなくてもいいだろってことで」

「そんな」

そう言われれば、子供の卒業後に学園を出ていく家族は少なくない。

しかし、今はまだ年度の途中。

「どうしてこんな中途半端な時期に？」

「さあ。なにか他の理由があるのかな」

首を傾げる叔父だが、その仕草にかわいさは欠片もない。

「知らないわよ。悪いことでもやらかしたんじゃないの」

「そんなことないよ。僕は真面目にやってた」

叔母はイライラした。叔父は悪人ではないが、普段から気がきかず、自分からなにかをしようとはしない男だ。

（きっと仕事ができないから飛ばされるんだ）

言葉にはしないが、態度に思いっきり出るのが叔母である。

腕組みをして眉を顰める姿に、叔父は委縮しきっていた。

「仕方ないわ。明日学園に行ってきます」

「なんで？」

「神の花嫁になった生徒の両親には、祝い金が出るのよ。穂香の分は振り込まれていたわ」

「うん」

「そのうち紗那の分も振り込まれるはずよ。ちょっと遅いから、催促に行ってくる。それで引っ越しをしましょう」

夫は「そうかあ」と安堵したようにうなずく。叔母はそんなことも思いつかない夫にますます腹が立った。

翌日、叔母は神精学園本部に向かった。

この前ここに来たのは、紗那をどん底に突き落としたときだ。

同じ部屋で、彼女は簡素なパイプ椅子に座らされた。

「穂香の分はすでに振り込まれておりますが、紗那の分がまだなので」

アポを取っておいたので学園長が出てくるかと思いきや、今日は用務員が対応するという。

叔母は不快に感じたが、表情には出さないよう努めて、祝い金の件を用務員に話した。

「はあ、お話はわかりました」

用務員は痩せた眼鏡の女性で、まったくやる気のなさそうな声で答える。

「結論から申しますと、それはできかねます」

「は？　なぜ？」

「狼神・威月様から申し渡されておりますので」

その名は叔母の身を固くさせる。

用務員は、威月が婚儀の前に紗那の保護者を叔母ではなく威月に変更したことを伝える。

ちなみに紗那はそのことを伝えられていたが、祝い金が叔母に入らなくなることは知らなかった。

祝い金は婚儀の前日の時点で花嫁の保護者であった者に贈られると決まっている。

紗那の場合は両親がいないので、吉岡夫妻に支払われるはずだった。

しかし威月は婚儀の前に吉岡夫妻に無断で保護者を変える手続きをしていた。その上で彼は祝い金を辞退したという。

「そんなバカな。私になんの相談もなく、そんなことを」

「まあ、相談する義理もないと思われたのではないですか？」

用務員は冷たく言い放ち、保護者変更が示された書類を片付ける。

「あなた、さっきから失礼じゃない？　学園長を呼んでちょうだい」

「学園長が私にあなたの対応をするようにおっしゃったのです。ここにはいらっしゃいません」

「私には会う価値がないってこと!?」

たまらず、叔母は前にある机を平手で叩く。

用務員は怯《ひる》む様子もなく、蔑むように彼女を見た。

「威月様から、あなたたち親子のことはよく聞いています」

叔母はドキリとした。用務員は続ける。

「威月様の遺狼の報告によると、あなたたちは紗那さんにひどい仕打ちをしていたそうですね」

「遺狼？」

「遺狼は紗那さんが幼いときから傍にいて、あなたたちのしていたことを狼神様に報告したそうです」

叔母のドキリがギクリに変わった。

陰陽師は式神を使う。呪術師は遣い魔を使う。神にももちろん遣いがいる。

目には見えなかったが、紗那の傍にはそんなものがいたのかと思うと、自然と体が震えた。

「そんなの、捏造《ねつぞう》よ」

「私たちは威月様から直接映像を見せてもらいました。神は遣いの記憶を人の脳に送り込むことができるのでね。ああ、そんなことは知っているでしょうが」

その映像が捏造ではない保証はどこにあるのか。叫びたかったが、叔母は堪えた。

学園関係者には霊力の強い者が何人もいる。その中には他人の記憶を覗く能力がある者もいるだろう。

その者たちに自分の記憶を見られたら、言い逃れができない。

「これで話は終わりです」

「待ってください、まだ」

「私たちはきちんと事件の精査をせずに穂香さんを神の花嫁に推薦したことを恥じています」

用務員は立ち上がり、下がった眼鏡を直す。

事件とは、紗那が霊感商法の罪に問われたことだろう。

(私たちが仕組んだことだって、バレている?)

叔母の脳裏を、マンションの住人や夫の情けない顔がよぎる。

学園関係者がポロッと零したことが、噂になっているのでは。

そう考えると、すぐに逃げ出したくなった。

「威月様はずっと紗那さんの身を案じておられました。しかし学園のルールを尊重し、結界内の様子を見ることはしなかった。その間に紗那さんがあなたたちに虐待されていたこと、そこから救い出せなかったことを悔いておいでです」

「虐待だなんて……」

「私どもも、紗那さんにもっとよく話を聞くべきでした。くやまれてなりません。これからは彼女のような生徒がいなくなるよう、尽力しなければ」

どうしてどいつもこいつも、紗那の味方なのか。

叔母は自分の行いを反省するどころか、紗那に対する恨みを募らせるばかり。

「穂香さんが狗神様から離縁されないだけいいと思いなさい。本来なら誰かを陥れるような人物が神の花嫁になるなどあり得ません。気づかなかった私たちにも責任はありますから、これ以上は言いませんが」

「きょ、喬牙様もご存じなのですか」

「さあ。威月様は喬牙様と揉めるつもりはないそうなので、言ってないかもしれませんね」

用務員は今度こそ書類をまとめ、さっさと部屋を出ていってしまった。

叔母は呆然とし、なかなか立ち上がれなかった。

喬牙の社にいる穂香の元に叔母が訪ねたのは、その数日後だった。

事の顛末《てんまつ》を聞き、穂香は憤慨した。

「あの恩知らず、お母さんたちに無断でそんなことを。しかも悪い噂までばらまいて。許せない」

「そうよね、そう思うのが普通よね」

人間界に住む神の社は、主が許可さえすれば入ることができる。

社の奥の部屋でそんな話をする親子の周りには誰も近づきたがらなかった。

「あの祟り神に抗議したいんだけど、あなた住所知ってる？」

「あいつらには住所なんてないよ」

穂香は紗那の婚儀のとき、招待されて威月の大社を訪れた。

紗那には不似合いなくらいの豪華な大社、美しい日本庭園、たくさんの遣い、そして大きな力を持ったイケメン狼神の夫。思い出すと腹が立つことばかりだ。

穂香は威月が実家を訪れたときが、自分と紗那が入れ替わるチャンスだと思っていた。正直、紗那に負けているところなんてひとつもないと自負していた。

なのに威月は穂香に興味を持つどころか、軽蔑しているような目つきをしていた。

「私は行ったことあるけど、普通の人間じゃ行けないところだから」

神が一緒じゃないと通れない結界があり、しかも主が許可をしないといけない。

「じゃあ、どうすればいいの。これは名誉毀損よ。痛い目に合わせないと気が済まないわ」

「激しく同意するけど、痛い目って具体的にどうすれば……」

穂香は考える。

この前、喬牙の贈り物に忍ばせた折り鶴は、無事に紗那を傷つけた。

しかし自分たち親子が受けた仕打ちは、それよりもひどい。

「あの祟り神より偉い神を味方につけるしかなくない？」

威月は八百万の神の花嫁を推薦している学園がひれ伏すほどの高位の神だ。

「それはムリだ。この国に彼を傷つけることができる神なんていやしない」

吉岡親子はハッと振り向く。気づけば廊下に面した襖が開き、喬牙が立っていた。

「き、聞いてらっしゃったんですか」

叔母が青ざめた顔で取り乱す。

「ここは俺の社だからな。なんだって聞こえるよ」

喬牙はすとんとそこに座った。

吉岡親子は自分たちが紗那にしてきたことを喬牙にたしなめられるのではないかと身構える。

学園も威月も、紗那に肩入れしている。誰もが自分たちを悪者に仕立てる。

彼女たちはそんな被害妄想に取り憑かれていた。

しかし喬牙は彼女たちを責めない。

「それにしても威月殿にケンカを売ろうだなんて、命知らずの親子だ。この前も実家に帰ったとき、怒らせただろ？　あまり神を甘く見ないほうがいい」

穂香たちは青ざめる。実家に帰ったときとは、もちろん紗那の母の指輪をネコババしたのがバレたときのことだ。

あの場に喬牙はいなかったのに、なぜそれを知っているのか、彼女たちには想像もつかない。

喬牙は呆れ顔で言った。

「穂香、きみ紗那さんに悪い贈り物をしただろう」

「は、はあ？　覚えてませんけど」

「折り鶴に呪いをかけた、あれだよ。二度としないでくれ。俺が威月殿に睨まれたら、お前の生活にも影響が及ぶぞ。それくらいわからないのか」

穂香はかあっと頬が熱くなるのを感じた。

「なぜそれを……」

「俺もあれに仕込みをしたからさ」

ふたりの視線がかち合う。穂香は喬牙の次の言葉を待った。

「俺はあれに偵察用の術を仕込んだ。紗那さんの近くで様子を窺っている」

「えっ」

「俺の術は、紗那さんが蓋を開けないと発動しないようになっていた。あれを俺がしかけたあとで、穂香は折り鶴を入れた。だから術が発動するまできみの悪事を知らなかったんだ。知ってたらとめてた」

積極的に威月たちに関わろうとする様子がなかった喬牙が術を仕込んでいるとは、吉岡親子は思ってもみなかった。

「私の鶴はともかく喬牙様の術だって、バレちゃうんじゃ?」

「術の姿は二ミリくらいの虫だからね。しかも紗那さんの霊力と同化して隠れることができる。威月殿は力が強すぎて、弱い術には逆に気づきにくい。もし見つかってもぷちっと潰されて終わりさ」

吉岡親子は背中がざわつくのを感じる。その虫がどんな姿か考えるのも嫌だった。

「結論、威月殿は紗那さんにぞっこんのようだ。紗那さんに優しくしておけば、きみたちも立場がよくなったのに。残念だね」

「うう……」

叔母がくやしそうに唸る。

肩を落とす吉岡親子を励ますように、喬牙は明るく言った。

「というわけで、威月殿をぎゃふんと言わせるのはムリ。諦めるんだな」

諦めきれない吉岡親子はぎゅっと唇を噛む。その姿が滑稽なくらいそっくりで、喬牙は思わず肩をすくめる。

「俺の力がもっと強ければなあ」

ぼやくような喬牙の言葉に、吉岡親子は無反応だった。


婚儀の数日後、紗那は庭で訓練をしていた。

威月の声は低いが厳しくはない。

「集中しろ、紗那」

紗那は庭の池の上をふわふわと飛ぶ、黒いクラゲのような物体をじっと見つめる。

これは、巫女の力を安定させるための訓練である。

威月と結ばれ、紗那は神籍の人となった。

今の紗那は不老不死なのだが、神が絶対に消滅しないという保証はないように、紗那も何者かに攻撃をされ、重大な傷を負った場合は死ぬ可能性もある。

威月の力で作った幻影黒クラゲを紗那の力で消滅させるという、実戦を想定した訓練は、なかなかうまくいかなかった。

「あれれ……？」

クラゲよ、消え去れ！　と心の中で唱えてみたり、口に出してみたり、睨んでみたりするのだけど、クラゲはまったく動じず、のん気に宙を泳いでいる。

（どうしよう。やっぱり私に巫女の力があるなんて、なにかの間違いなんじゃ？）

無力な人間だと知られれば、威月に捨てられてしまうかもしれない。

そんな焦りがますます紗那の集中を邪魔した。

「威月様、もっと威圧感のある敵にしてくれませんか？」

「ほう、たとえば……こんな感じか」

威月が手首をくるりと回すと、クラゲは黒い犬の姿に変わる。喬牙の遣犬《つかいいぬ》にそっくりだった。

黒犬は牙をむき、グルグルと恐ろしい音を鳴らして唸る。

威月が見せる幻影だとわかっているのに、紗那の背筋が恐怖で震える。

彼女が一歩後退すると、黒犬が大きな声で吠えた。

（消えて……！）

恐怖をムリヤリ押し込め、紗那はぐっと目に力を込める。そんなイメージで黒犬を見つめた。

喬牙の屋敷で巫女の力を覚醒させたとき、目が異様に熱かった記憶が、紗那にはある。

自分の力は手や武器を通して相手に作用するのではなく、目で見ることによってなにかが起きるのではないか。

そう思った紗那は、とにかく集中して黒犬を見つめる。

頭の中に黒犬が消えていくイメージができたそのとき、ふわっと黒犬が細かな粒子になって、空中に霧散した。

「できた！　できましたよ、威月様」

飛び跳ねて喜ぶ紗那が、後ろにいた威月のほうを振り返る。

紗那はドキリとして動きをとめる。

なぜかわからないが、威月に至近距離で顔を覗き込まれたから。

（なに!?）

無事に婚儀を済ませたあとも、威月に見つめられたり触れられたりするとどうしても胸が高鳴ってしまう。

気まずくて顔を逸らそうとすると、威月の手が紗那の頬を包んでそれを制した。

「消えてしまった」

「え？　あ、はい、消しましたけど、ダメでしたか？」

「ああ……そうじゃない。説明しよう」

威月は紗那の頬から手を離す。

「そなたは力を使うとき、目が光るのだ」

「光る？」

「五色の光がかわるがわる、瞳の中に現れる。それは美しい光だ。その光が邪悪なるものを消し去る」

自分の瞳は自分では見えないので、紗那は半信半疑でそれを聞いていた。鏡を見るとき、紗那の瞳はいつも黒かった。まさかプリズムみたいに光っているとは思いもしない。

「昔となにも変わらない。やはりそなたは……」

威月は言葉の途中で唇を結んだ。

瞳を覗き込まれているはずなのに、目が合っているような気がしなくて、紗那は戸惑う。

彼はまるで、紗那の瞳の中に別の景色を見ているような表情をしていた。

（昔って、七歳のときのこと？）

紗那が瞬きをすると、威月は小さく首を横に振った。

「今のところ、危険が迫ったときしかその力は発動しない。ある意味制御できていると言っていいだろう」

「そうですか？」

威月はくるりと向きを変え、池の近くにある手ごろな岩に座る。

「神世に来てから、そなたの力がだんだん安定しているのがわかる。巫女は神の力を増幅するだろう？　我の力は以前よりも充実している」

「私、なにもしていませんけど」

正面に立った紗那は首を傾げる。

「そなたはそこにいるだけで、我を強くするのだ。それが巫女の力というもの」

説明されても、紗那は納得することができない。

威月の力はもともと強大で、自分が彼に影響を与えているなどとは、にわかに信じられなかった。

「今までは被害を受ける直前まで発動しなかった力を、自分の意志で操れるようになってきているだろう」

紗那は思い出す。

たしかに、今までは「無我夢中で助けを求めると、不思議な力が助けてくれる」という感覚だった。

しかし今さっき、紗那は能動的に目標を攻撃したのだ。

「これが……私の力」

「悪《あ》しきものを清める。よい力だ」

紗那は胸の前で拳を握りしめる。

（私が消えろと念じたものは消える）

それは、とても恐ろしいことのように思えた。

普段は平和主義な紗那でも、怒りで我を忘れることもあるかもしれない。

紗那にとっての「悪しきもの」は誰かにとっては「よいもの」かもしれない。

「そう、力を恐れることはとても大事だ」

紗那の考えを見透かすように言った威月は、ゆっくりと立ち上がる。

「そなたなら大丈夫だ。迷いそうになったときは我が傍にいる。力を使えなくても、我がそなたを守る」

「威月様」

威月は背を丸め、見上げる紗那の唇を奪う。

上がった体温が、紗那の胸中にある不安を溶かした。

紗那が初めて神世に来てから、ひと月が経った。

最初は誰が誰だかわからなかった遺狼も見分けがつくようになり、名前も覚えた。

「お客様ですって？」

遺狼の中でも雌のトップ、梅子《うめこ》に向かって紗那は聞き返す。

「ええ。隣の土地をおさめる神ですよ。突然訪ねてきなさって。奥様、お菓子をお出ししてくださいな」

「うん、わかったわ」

菓子を出すついでに挨拶をしようと、紗那は梅子が用意したお茶とお菓子を持って客間に急ぐ。

（あ、どんな神様か聞くのを忘れちゃった）

お盆に乗せた菓子は、小さなあられ。桃色、黄色、緑などの丸いあられが手のひらサイズの小鉢に入っている。

（ハムスターの神様だと、これがヒマワリの種になるのかしら）

かわいいハムスターを思い浮かべている場合じゃない。

客間の前で声をかけ、紗那は正座のままそっと襖を開ける。

「ようこそいらっしゃいました。はじめまして、妻の紗那でございます」

礼をして顔を上げると、威月の正面に座った神が見えた。

「あっ」

思わず声を出してしまい、慌てて口を塞ぐ。

そんな紗那を見て、相手はホッホといい声で笑った。

「はじめまして。かわいい奥方様」

紗那はまじまじと相手を見つめてしまった。

(鳥さんだ)

相手の神は頭とくちばしが黒く、体が黄色の鳥だった。

大きさは手のひらサイズで、完全に鳥にしか見えない。

普通の鳥と違うのは、翼が出るようなベスト風の着物を着ていることだった。

(か、かわいい)

神様にそんなことを言ってはさすがに失礼だと思い、紗那は堪えて菓子を差し出す。

だからこんなに小さなあられだったのか……とひとりで納得した。

「威月殿、話を戻しますが」

（声だけが渋い。すごい違和感）

鳥神《とりがみ》が真剣なトーンで話しだしたので、紗那はぺこりと頭を下げ、部屋から出ていこうとする。

「ああ奥方様、ここにいてください。聞かれて困るような話じゃありませんから」

鳥神が座布団の上で飛び跳ねる。

紗那が威月を見ると、彼はうなずいた。いてもいいということだ。

彼女は威月の近くに座り直す。落ち着くと威月のほうから口を開いた。

「こちらの神の領地が、何者かに荒らされているという話をしていた」

「えっ」

神はそれぞれおさめる土地が決まっている。それを領地と呼ぶ。

領地を豊かにし、平穏に保つのが神の仕事。その代わり、領地は神に力を与えている。

威月のようにおさめる領地が広大で平穏、しかも巫女を妻に迎えている者は最強と呼ばれるが、領地が狭小で荒れてしまうと神の力も弱まってしまうという悪循環が生まれる。

「何者かって」

「それがわからないんだそうだ。畑の作物が荒らされたり、人間の住居を傷つけたりするらしい」

「うちの領地にはそんな悪いことをする動物はいないんです。鳥やリスはいるけれど」

威月はサッと地図を紗那の前に出し、鳥神の領地を指で囲んでみせる。

彼の言う通り、小さな山川はあれど、ほとんどが住宅地のほどよい田舎だった。

「だから、うちの山のタヌキやイタチのせいではないかと、そなたはそう言うのだな」

「めめめ滅相もない」

威月が遥か上から見下ろすので、鳥神は青くなった。

「ただ動物の動きというものは、実に自由なので……もしかしたらなにかご存じではないかと思った次第です。そして、お力をお貸しいただきたく。あなた様に文句を言うつもりはないのです」

「そうですよね、そうですよね」

紗那は困り果てた様子の鳥神に同情し、こくこくとうなずく。

「わかっておる。一度調べてみねばならぬな。力を貸そう」

「本当ですか」

「ああ」

ホッと安堵する鳥神と紗那。

威月も別に、鳥神を威圧しようという気はない。

ただ愛想もよくなく、話し方もぶっきらぼうなので、そう思われるのだ。

「困っておる者を捨ててはおけぬ」

威月は近日中に鳥神の領地を訪ね、被害のあった場所を調べてみるという約束をした。

安心して帰っていく鳥神を見送り、紗那は息を吐いた。

「神様にもできないことがあるのですね」

鳥神なりに力を尽くしたのだろうが、領地が荒れた原因はつかめていないようだ。

すべての神は万能であるかのように教えられてきた紗那は、こういうこともあるのだと初めて目の当たりにした。

「我らが世界を動かしているわけではない。我らは人間や動物の営みを見守っているだけ。平穏であるように、手を貸しているだけだからな」

神も、人や動物の意志を自由にすることはできない。

傀儡《かいらい》のように操ることはできるのだが、してはいけないというのが暗黙のルールだ。戦争や犯罪はすべて人間が起こすこと。それを裁くのも解決するのも人間であり、神はできるだけ関与しない。

「ただ、なにもわからないというのはおかしい。畑を荒らしたのが人間であれ動物であれ、なにかしらの痕跡が残っているはずだ」

「たしかにそうですね」

足跡とか、体毛とか、なにかしらの手がかりがひとつくらいはあるはず。鳥神だってそれがわからないわけがない。

紗那は考える。

「ということは、人や動物でないものが関わっているということ？」

「だろうな。呪《まじない》か、妖か、祟り神か。とにかく行ってみなければわからんな」

威月は自分に出されたまんじゅうを紗那に差し出す。

紗那はそれを受け取りはしたが、食べる気にはなれなかった。

「もしやこれは、威月様をおびき寄せる罠《わな》なのでは」

「なに？」

威月が眉を顰める。

紗那はハッとした。

「根拠はありません。そうだったら嫌だと思って」

言い訳のように、語尾がゴニョゴニョと濁ってしまう。

紗那は戸惑っていた。

自分でも、なぜそんなことを言ったのかわからない。

「心配してくれるのか。愛《う》いやつめ」

威月は心なしか目を細め、うれしそうに微笑むと、紗那を抱き寄せる。

高位の神である威月を心配するような者は、紗那の他にはいない。

紗那は自ら腕を伸ばし、威月の広い背を抱き返す。

なぜかはわからないけど、胸騒ぎがとまらない。

「あの、威月様」

背中を叩くと、威月は腕を緩めて紗那の顔を覗き込む。

「私も一緒に行ってはいけませんか？」

彼女が尋ねるなり、威月は眉を顰めた。

バリっと身を引きはがすように離れ、彼は紗那に背を向ける。

「ダメだ。そなたはこの社から出てはならぬ」

決然と言い放つ威月の言葉に、紗那は怯む。

しかし負けずに勇気を振り絞った。

「でも、ひとときも離れないでほしいとあなたが言ったのに。あれは嘘だったのですか？」

威月はぐっと喉を詰まらせたような音を鳴らし、一瞬黙る。

紗那が次の言葉を放つ前に、彼は首を横に振った。

「嘘ではないが、今回はダメだ。なにが起きるかわからない」

「あなたがいれば大丈夫でしょう」

しつこく食らいつく紗那に、威月のため息が落ちる。

「ではハッキリ言おう。足手纏いだ」

威月は早足で部屋を出ていこうとする。

紗那は呆然としてその姿を見送るしかできない。

「は……？」

ピシャンと襖が閉まった音で、紗那は我に返った。

（足手纏いって、ひどい言われようじゃない？）

それはそうだろうけど、なんだか無性に腹が立つ。

紗那はムムムと頬を膨らませる。

威月はこれまで、紗那が吉岡家で受けてきた仕打ちに同情していたのか、優しい言葉と態度しか彼女に示してこなかった。

それなのにいきなり完全なる拒絶を突きつけられた紗那は、悲しみを通り越して怒りを感じていた。

ふたりの初めての夫婦喧嘩《げんか》は、こうして幕を開けたのである。


「紗那、なにか怒ってる？」

夜に話しかけられ、紗那はハッとした。

ここは狼神の社に不似合いな洋風ダイニング。もちろん威月が紗那のために用意したものだ。

カウンターキッチンの中で洗い物をしていた紗那は、静かに泡を洗い流した。

どうやら怒りに任せて調理器具を力いっぱい音を立てて放っていたらしい。

昨日威月に「足手纏い」と言われてから、紗那は怒っている。

そんな紗那に遠慮しているのか、面倒くさがっているのか、威月はムリに話そうとしない。

紗那は威月を無視し、双子を呼んでホットケーキを焼いた。ガスは通っていないはずなのに、フライパンを使ったホットケーキは俗世と同じような焼き色がついた。

「怒ってるって言うか……」

紗那は夜に昨日あったことを話す。麦は夜の隣で幸せそうにホットケーキをはぐはぐと頬張っている。

北欧《ほくおう》風のダイニングテーブルと椅子を威月がどうやって用意したのか、紗那は不思議だった。

「足手纏いって言われたのが嫌だったの？」

「うーん、嫌って言うよりショックかな」

夜はずっと俗世で過ごしていたので、「ショック」がどういうニュアンスなのかだいたいわかってくれる。

威月は人間と関わることが少ないので、たまに話が通じないことがある。

それが小さなストレスになっているとまでは言わないが、意思疎通が思い通りにいかないことがあるのはたしかだ。

（威月様がなにを考えているのかわからないときがあるのよね）

紗那はお茶を汲《く》み、夜の横に座った。

離さないと言ったり、足手纏いだと言ったり。

紗那を見ているかと思えば、実は遠くのほうを見てぼんやりなにかを考えていたり。

威月は気の遠くなるほど長い時間を生きてきたから、紗那には想像のつかない考え事もあるだろう。

（心配するのはいいけどついていってはいけないなんて、やっぱりわからない）

危険なこともあるかもしれないが、紗那でもなにか役に立つかもしれない。

そう思っているのは自分だけなのかと思うと、ため息が零れてしまう。

「紗那、これすっごくおいしい。また作ってね」

紗那と夜の会話を聞いていなかった麦は、にぱあっと笑う。

「うん。また作るね」

喜んでくれればうれしい。

紗那は気分を切り替え、子犬の姿だった頃となにも変わらない麦の頭を撫でた。

「遊んでくる！」

麦は紗那の手が離れると、パタパタと部屋を出ていってしまう。

「夜も行っておいで。変な話してごめんね」

こんなに小さな子に夫の愚痴を零すなんて、どうかしている。

紗那は自分を戒め、ムリに笑顔を作った。

「ううん。僕は紗那と一緒にいるよ」

「夜……」

「主様の言い方が悪かったと、僕も思う」

夜はホットケーキを平らげ、ミルクを飲むとプハーと息を吐いた。

「主様は単に、危険があるかもしれない場所に紗那を連れていくのが心配だったんだと思うよ。でも紗那が意外に頑固だから、わざとひどいことを言って遠ざけたんじゃないかな」

「うん……」

「でもあいう言い方されるとさ、昔の嫌なこと思い出すよね」

紗那はテーブルの木目に視線を落とす。意味のない模様の中に過去の情景がチラつくような気がした。

（そうか、私は昔を思い出して腹が立ったんだ）

吉岡家が出かけるとき、紗那は決まって留守番だった。

『あんたは邪魔なのよ』

「一緒に連れていって」とも「早く帰ってきて」とも言っていないのに、穂香は毎回わざわざそう吐き捨てた。

彼女たちが出かけたあと、からっぽの家はすごく快適のような気がしていた。

それなのにひとりで食事をしていると不思議と涙が出てきたのを、紗那は思い出す。

「主様は紗那の味方なんだから、そういう言い方はよくないよね」

「味方？」

「そう。僕も麦も紗那の味方だけど、一番の味方は主様だよ」

夜は自信満々に言った。その顔に迷いはない。

「そうか、そうだね」

紗那はうなずく。

（私は威月様にあの人たちを重ねて見てた。威月様に裏切られたような気がしていた）

でも、違う。それを夜が教えてくれた。

「紗那は麦みたいに、ぽわーんとしてたほうがいいよ。ここは安全なんだからさ」

麦は威月が自分たちを守ってくれるという安心感に全身を預けている。

「そうよね。私たちは威月様の近くにいる限り安心よね」

「うんうん」

「じゃあ私、やっぱり威月様についていく。見つからないように、こっそり」

「……え？」

「なんでもない」

張り切って食べ終わった食器を片付けだす紗那。

夜はその様子をハラハラした顔で見ていた。


いよいよ威月が鳥神の領地に向かう日の夕方。

「行ってらっしゃい。気をつけてくださいね」

「ああ。用事を済ませたらすぐに帰る」

夜と話したあと、紗那は機嫌を直した。

その様子にホッとしたのか、威月もすぐに元の調子に戻ったのだった。

人の姿で社を出ていった威月を見送り、紗那は後ろに控えていた双子に話しかける。

「さあ、私たちも行きましょ。お出かけはみんなでしないとね」

夜はげんなりした顔で「やめようよ……」と呟く。

麦はなにも考えず「わーい、お出かけだあ！」と尻尾を振った。

威月は社の門を出ると狼の姿になり、鳥神の社へと急ぐ。

鳥神は低位の神なので、俗世に社を持っていた。

山の近くにある昔ながらの住宅地。畑や田んぼの真ん中に学校があるような、のどかな場所である。

ただ山はそこまで深くも高くもなく、畑を荒らすような野生動物は存在が難しいと思われる。

「威月様、お待ちしておりました！　えっと……狭くてごめんなさい……」

鳥神の社はごく普通の神社でこじんまりとしており、人間でいう2ＬＤＫアパートくらいの広さ。

巨大狼の姿の威月には窮屈すぎると思ったのであろう。鳥神は申し訳なさそうにしていた。

それを見た威月は人の姿になり、境内を見回す。

「あのう、お茶でも……」

「気を遣わずともよい。楽にしておれ」

彼の赤い目はすでに、鳥神を見ていなかった。

五感を研ぎ澄まし、境内の気配を探る。

動物であろうが人間であろうが、神でも妖でも式神でも、存在した場所にはなんらかの痕跡が残るはず。

「境内にはなんの異常も見当たらないな」

「そうなんですよ」

鳥神に嫌がらせしたいのであれば、社を攻撃するのが手っ取り早い。

「ではやはり、動物か人間の仕業か……とにかく、被害があった場所に案内せよ」

「かしこまりました」

鳥神はパタパタと羽ばたく。威月は狼の姿に戻り、そのあとを追った。

鳥神の社から人間の足で三十分ほど歩いたくらいの場所にある畑を見て、威月は眉間にシワを寄せる。

荒らされたというにはあまりにひどい。

植えられている野菜には獣に齧《かじ》られたような跡はないが、支柱が倒されたり、踏みつぶされたり、根こそぎ引っこ抜かれて放置されたりしている。

しかもあちこちにカラスやネコの死体が転がっていた。

畑の持ち主が警察に連絡したのか、立ち入り禁止の黄色のロープに敷地を囲まれている。

「いかんな」

想像以上の荒らされっぷりに、威月は顔をしかめた。

「他の荒らされた畑もこのような？」

「ええ。カラスやネコを見てください。噛み裂かれた跡があるでしょう」

威月はうなずく。自身も牙があるのでよくわかる。

「普通の動物ではないな」

ただの動物なら、自分や家族が食べる分だけの獲物に手を出す。

しかし目の前の状態は、誰かがカラスやネコを殺すという行為を楽しんだだけのように感じられた。

人間がこれだけの動物を集めて殺す、あるいは殺してから集めるのは多大な労力と異常な精神が必要と思われる。

「やはり、妖のせいですかね」

「あるいは、祟り神」

祟り神はその名の通り、元は普通の神がなにかのきっかけで人に災いをもたらすように変わってしまったもののことを言う。

「やはり私が弱いから……」

鳥神の目からほろほろと涙が零れる。

カラスもネコも、彼の領地で生きていた命。

それが暴力で奪われたことに対し、彼は傷ついている。

「そなたのせいではない」

威月はそれだけ言うと、狼の姿のまま畑の中に踏み込む。

犯人の痕跡を辿ろうとにおいを嗅ぐ威月の肩に、鳥神が羽ばたいてきてとまった。

「社で待っていてもいいのだぞ」

「いいえ、ここは私の領地ですから。威月様に丸投げはいけません」

「ふむ」

威月は畑の真ん中でふと足をとめる。

（このにおい、どこかで……）

ネコの死体から漂う、そのものではないにおいに反応する威月。

しかし、彼の鼻は敏感すぎて、漂う悪臭にすぐ麻痺《まひ》してしまった。

「仕方ない。とりあえずこのものたちを葬るとするか」

この光景が人間の目にさらされると、彼らの精神が病む。

そうなると妖が活発化したり、怨霊《おんりょう》が生まれたりしかねない。土地はまた荒れる。

「葬るとは、いったいどうやって……」

鳥神が尋ねようとしたとき、威月が急に上を向いた。

「なにかがいる」

低い唸り声に、鳥神は震える。

「すまぬ、そなたは社に帰っていてくれ」

言うなり土を蹴り、威月は高く宙に身を躍らせた。

「えっ、ええーっ。なにがあったんですかあ？　もーっ」

わけがわからない鳥神は、パタパタと宙を旋回し、なんとか社に帰っていった。


その頃紗那は青ざめていた。

「困った！」

双子の体はある程度大きくしたり小さくしたりすることが可能ということで、麦にポニーくらいの大きさの狼になってもらった。

そして麦の背に乗せてもらって威月のあとを追い、鳥神の領地まで来たはいいものの、そこで麦が力尽きてしまったのだ。

高速で移動する威月のあとを追うにも、体を慣れないサイズで維持するにも、多大な力を消耗する。

麦は力の消耗を防ぐため、子狼の姿になる。

「だから言ったじゃん、やめようって」

子狼の姿で紗那にしがみついてきた夜も息が乱れている。

紗那たちは鳥神の社がある山で休むことにした。

（ここにいれば、そのうち威月様が戻ってくるはず）

そもそも、鳥神の許可なしに紗那が神世から俗世の鳥神領地に入ること自体、褒められたことではない。二つの世を渡る際に負担がかかった紗那の体は重く、いつものようには動かなくなってしまった。

叱られても仕方ない。紗那と双子だけでは帰れない。威月に謝って連れ帰ってもらうのだ。

紗那は決めて、青い顔でうずくまる麦を優しく抱いた。

「ごめんね、ムリさせて」

目的地に着けばなんとかなると思っていた。

なんなら、鳥神の領地が荒れている原因を自分たちで突きとめられれば、威月の役に立てるのではないか。

そんな甘い考えを抱いてきたせいで、麦に苦しい思いをさせてしまっている。

紗那は後悔の念に苛《さいな》まれた。

「大丈夫だよ～」

力なく笑う麦が痛々しい。

暗い山の中、鳥の鳴き声すら恐ろしく感じてしまう。

「ここで妖に襲われたらどうしよう」

「大丈夫、私が守ってあげる！」

不安そうな夜に努めて明るく返すと、夜は紗那を見てため息を吐いた。

そもそも鳥神の領地で異変が起こっているから、威月が出張ってきたのである。ここで妖や祟り神が出てきても不思議ではない。

「訓練したもん……」

「本当に守れるのかよ」とでも言いたげな夜に、紗那は言い訳のように呟く。

（悪いものが出てきても、私が追い払うんだから）

そのための訓練を威月とした。お守りとして母の形見の指輪もチェーンに通して首にかけてきた。

(きっと威月様は、自分の身くらいは守れるように、力の使い方を教えてくれたんだ。お母さんも見守ってる。大丈夫)

他の神からも頼られる存在の威月は、社にいないこともある。

そのときのための訓練だったのだと、紗那は今さら気づいた。

完全に日が落ち、強い風が吹き始める。

寒さを感じた紗那は、双子を両手に抱き、薬神の風呂敷を被って座った。

こうしていれば、周りから身を隠すことができる。

悪いものに会ったとき、直接戦うよりも隠れていたほうがいいこともあるだろうと紗那は考えた。

じっとしていると、遠くから落ち葉を踏むような音が聞こえてきた。

(足音だ。威月様?)

紗那は顔を上げる。布越しに向こうの景色が見える。

ざく、ざくと足音が近づいてくる。

なぜか夜と麦がぎゅっと強く抱きついてきて、紗那はごくりと唾を飲み込んだ。

（違う。威月様じゃない）

もっと重く、不吉な音。一歩近づいてくるたび、瘴気《しょうき》の波が襲ってくるような感覚を紗那たちに与える。

（野生動物かもしれない）

鳥神は「畑を荒らすような動物はいない」と言っていたけど、実はクマ、あるいはシカなどがいるかも。

紗那はムリヤリ自分に言い聞かせようとした。

それでも自然に肌が粟立つのをとめられない。

（違う。これは……生きている人や動物じゃない）

心臓が煽《あお》られる。

足音はすぐそこまで近づいている。

やがて前の茂みから、足音の主が現れた。

（なっ……）

双子がさらに緊張で固くなるのがわかった。

目の前に現れたのは、大人の男ほどもある、毛の塊だった。

黒く長い体毛に覆われたそれは、目も耳も鼻もあるのかどうかすらわからない。手も足も見えない。

声も発さず、異様な妖気を放っている。

紗那は言葉を失う。

このような強力な妖を、彼女は初めて見たからだ。

相手の正体はわからないが、関わってはいけないことだけは本能でわかる。

三人は抱き合って、脅威が通り過ぎるのを待つ。

（早くどこかに行って……！）

巫女の力を使うことも一瞬考えたが、もし敵《かな》わなかったらと思うと、紗那は一歩も動けなかった。

毛の妖はのろのろと近くを歩き回っている。

（姿は隠せているみたい。でも、においがしたりするのかしら）

なにかを探しているような妖の姿に恐怖を覚える。

すると、突然夜が紗那から離れた。

「夜！」

たった一瞬のことだった。

夜が勢いよく風呂敷から飛び出した。

妖が反応する間も与えず、高く跳躍した夜が妖に体当たりする。

獣同士がぶつかる鈍い音がし、夜は跳ね返されるようにして地上に戻る。

妖は夜の体当たりでもびくともせず、首を彼に向ける。

流れる毛の間から凶暴な光がちらりと見えた。相手が夜を敵とみなしたのが紗那にはわかった。

夜は妖を包む異様な空気に圧倒されたのか、動かない。

（いけない。夜を助けなきゃ）

紗那は震える足を叩き、立ち上がった。

彼女が姿を現した瞬間、妖が首を向けてきた。

「びっくりさせてごめんなさい。この子は私の夫の眷属。どうか許してやってください」

紗那は妖に語りかけた。もしかしたら、話せばわかってもらえるかもしれないと、期待を込めて。

しかしそんな淡い期待を裏切り、妖は体毛の中から唸り声を上げる。同時に生ものが腐ったような、嫌なにおいが漂う。

今まで自分が祓ってきたものとは、レベルが違う。紗那はそう直感していた。

その不安が判断を遅くした。

紗那が目に力を込めたとき、妖の毛が素早く動く。

「ああっ」

毛はそれ自体が生き物のように伸び、紗那の足にぐるりと巻き付いた。

「紗那っ」

麦が毛に噛みつこうとしたが、別の毛束に横面を殴られ、地面に転がる。

「麦！」

麦は動けないようだが、弱弱しく応答した。

（私がやるしかない）

紗那は妖に向き直る。

（消えろ……）

眉間に力を入れるようにして、妖を視線で射貫《いぬ》く。

自分の目が光っているかどうかは、自分ではわからない。

熱が集まっているのを感じたが、妖は毛束を操り、その先を剣のように鋭くして紗那たちに向ける。

矢のように向かってくるそれに、紗那は無我夢中で念じた。

（消えろっ、消えろ！）

妖怪の毛束の先が紗那のまつ毛の先に迫ったとき、なにもかもが遅くなったように彼女は感じた。

（えっ）

突然誰かの手が紗那の両肩に乗った。その手の主はそっと紗那を背後から包み込む。紗那の視界に入ったその手は、たおやかな女性の手だった。

その手に呼応するように、胸の指輪が光る。

（誰……？）

不思議と不気味さは感じない。ただ温かく優しいそれに誘われるように、紗那はゆっくりと瞬きをした。

紗那の瞼が開いた瞬間、カメラのフラッシュのように、強い光が閃く。

辺りは一面の白。なにも見えなくなった紗那は、ふと自分の足が自由になるのを感じる。

（消えた……？）

体に力が入らない。紗那はその場に座り込む。

一気に力を解放したせいなのか、紗那は体と魂が乖離《かいり》していくような不思議な感覚を味わっていた。

(今やったのは、本当に私？)

念じるだけではうまくいかなかった。傷つけられるギリギリのところで誰かが自分の中の力をコントロールした。さらに、母の指輪がその力を増幅したように紗那には思えていた。

視界がぼんやりと戻ってくる。瞬きをする紗那の目に、黒い影がゆらりと動くのが見えた。

(ああ、ダメだった)

観念した紗那は瞼を閉じる。するとすぐ近くで低い声が響いた。

「誰が触れていいと言った？」

紗那がハッと目を開くと同時、妖の体が明るく光った。

いや、光ったのではない。燃え上がったのだ。

炎に包まれた妖が断末魔の叫び声を上げ、灰になる。妖の姿がなくなると、炎も消えた。それでもしばらく嫌なにおいと叫び声が紗那の五感にこびりついていた。

「我の妻に触れることは許さん」

ザクザクと落ち葉を踏んで近づいてきたのは、狼型の威月だった。

「まったく、世話の焼ける」

威月は紗那の前で人型になり、手を差し伸べる。

紗那がそれを取って立ち上がると、突然引き寄せられた。

「だからついてくるなと言ったのに」

無事を確かめるように強く抱きしめられ、紗那は威月が怒っていないことを悟った。

「ごめんなさい」

勝手についてきて、危ない目に遭って、結局助けてもらって。

自分が情けなくて、紗那は胸が痛んだ。

「またそなたを失ったら、我は……」

威月の声が少し震えているような気がして、紗那は彼の顔を見上げる。

「また?」

聞き返すと、威月はハッと目を見開いた。

「すまない。なんでもない」

自分の前髪をくしゃりと上げ、威月はふるふると首を横に振る。

いつもの彼らしくない仕草に、紗那は戸惑う。しかし、他にも気にしなくてはいけないことがある。

紗那はまず倒れている麦のほうへ駆け寄った。

「麦、麦。大丈夫?」

「うん……びっくりしたあ……」

麦は弱っているようだが、受け答えはしっかりしていた。安堵すると、背後から威月の声が聞こえた。

「これは、薬神がくれた風呂敷か。これを被っていれば、気配やにおいも消してくれるはず。なぜ襲われたのか」

威月は首を傾げ、紗那に風呂敷を返す。その顔はもう、いつも通りの彼だった。

受け取った紗那が返事をしようとすると、夜が威月と紗那の間に割って入った。夜はいつの間にか人型になっている。

「ぼ、僕がいけないんです」

「ふむ?」

「僕、僕、このままじゃ妖に気づかれて食べられちゃうと思って、紗那を、守らなきゃって……」

最後のほうは声が震えて聞き取れないほど小さくなった。

「違うよ、夜。私がこんなところにあなたたちを連れてきちゃったから」

夜は勇気を出して妖に挑んだが、結果紗那を危険にさらすことになってしまった。

それを理解しているから、後悔しているのだ。

「そうか。我の言いつけを守ろうとして、被っていた風呂敷から飛び出したのだな」

威月は夜の頭をくしゃくしゃと撫でる。

夜は目を見開くと、次の瞬間ぽろぽろと泣き出した。

「そなたに出会ったときから、この者たちはそなたを守るように、我に言い含められておる。だからそなたも夜も悪くない」

いたわるような視線を向けられ、紗那も夜もホッと安堵した。

(敵には容赦ないけど、私たちには本当に優しい)

言葉が足りないところもあるけど、基本は紗那や眷属のことを考えて行動している。

そんな威月に対して怒りを感じていた過去の自分を、紗那は叱りたかった。

「さあ、帰ろう」

威月は巨大狼の姿になり、麦と夜を口で咥え、自分の背にぽいっと乗せた。

紗那は威月の銀色の毛で覆われた首元に抱きつく。

ふかふかと温かいそれは、優しく紗那を包み込んだ。

「威月殿!」

鳥神がパタパタと翼をはためかせ、木々の間を縫って飛んでくる。

威月と紗那が今あったことを話すと、鳥神は声を震わせた。

「ではその妖が、この領地を荒らしていたと」

「それはわからない。ただ、尋常ではない禍々《まがまが》しい気を放つ妖だった。元は神だったのかもしれぬ」

威月は冷静に話しているが、紗那は思い出すだけで怖気が走る。

（妖ではなく、祟り神だったのかもしれない……）

ひとたび祟りとなった神は、妖と区別がつかなくなる。

「妻に危険が及んで、我も後先《あとさき》考えず祓ってしまった。すまない」

妖は跡形もなく消え去ってしまっている。これでは詳しいことはなにもわからない。

「とんでもない。犯人かどうかはわからねど、凶悪な妖を祓っていただき、感謝しかありません。今日はお疲れでしょう。ゆっくりお休みくださいませ」

鳥神はぐったりした双子と、青い顔の紗那に気を遣い、すぐ帰るように促してくれた。

紗那と双子を背に乗せて去る威月を、鳥神は律儀に見送っていた。

社に帰り、双子を休ませたあと、紗那は威月のいる寝室に向かった。

麦も夜も消耗はしているが命に別状はないとのこと。

紗那がひと晩付き添うと名乗り出たが、心配した遺狼たちに却下されてしまった。

半ばムリヤリさせられた入浴中、紗那はついさっきあったことをぼんやり思い出していた。

正体不明のまま消し去ってしまった、凶悪な妖。あれは本当に鳥神の領地を荒らしたのだろうか。

また、自分の力を爆発的に高めたと思われる、あの手は誰の手だったのか。

あんなに優しい手を、紗那は知らない。

(もしかして、お母さん?)

自分を守ってくれる女性と言えば、母しか思いつかない。

しかし紗那はかぶりを振った。なんとなく母ではない気がした。

母の力は形見の指輪に込められている。いつも感じているその気配と手の気配は別だったように紗那は思う。

入浴を終えて寝室へ入ると、威月が帳台の上に胡坐《あぐら》をかいて座っていた。

なにか考え込んでるような顔をしていた彼だが、紗那が来たのを見ると薄く微笑む。

「このたびはやらかしてくれたな、花嫁殿」

「すみませんでした……」

紗那は威月の隣に正座する。すぐそこに布団が敷かれている。

「無事でよかった。これで懲りたろう」

「はい、もうあんな思いはこりごりです。そうだ、威月様に聞きたいことが」

紗那は自分を守るように突然現れた手のことを話す。

「正直、母ではないと思っています。私は幼い頃から神も妖も見えました。だけど一度も、母を見たことはないんです」

吉岡家に引き取られてつらい思いをしていた少女時代、亡くなった両親が見守っていてくれはしないかと、いつも周りをキョロキョロしていた紗那。

だが、彼女は一度も両親の霊に会えたことがない。

「きっと、すぐ成仏できたんだって思うことにしています。この世に残っている霊は、未練がある霊だから」

未練があって地上に縛られているよりは、天国で楽しくしてくれていたほうがいい。

ムリヤリそう思うことで、紗那は自分を慰めてきた。

「そうだな。いい人間は天から遣いが迎えにきてすぐに記憶を消去され、次の転生に向けて準備をするそうだから。そなたの両親はいい人間だったのだろう」

真面目な顔で言った威月だが、紗那は冗談だと思ってくすりと笑ってしまった。

「なぜ笑う」

「いえいえ、そうだったらいいなと思っただけです」

神が実在するなら、輪廻転生《りんねてんせい》も本当にあるのかもしれない。あると思っていたほうが救われるから、そう思うことに紗那は決めた。

「じゃあ、誰なんでしょう。母以外に私を助けてくれる人なんて見当もつかない」

「ふむ」

威月は腕を組んで下を向く。少し考え込んでいるようだったが、すぐに紗那に向き直った。

「それはもしかすると、そなたの前世が関わっているのかもしれない」

「前世?」

さっき輪廻転生の話をしたばかりなので、紗那は敏感に反応する。

「威月様は私の前世をご存じなのですか」

「ああ。会ったことがある」

「すごい！」

さすが千年生きているだけある。

まるで漫画かアニメの世界だなあと興奮する紗那だったが、ふと気づいた。

威月の自分を見る目が、いつもと違う。なにがどう違うとは、うまく言えないけれど。

「そなたの前世は、巫女だった。それは美しい人だった」

懐かしそうに彼は語る。

「千年と少し前だったか。そなたの前世は紹子《しょうこ》という名だった」

その時代、女性が本名で呼ばれることはほぼなかった。

父親の苗字と職位、住んでいる土地の名などで呼ばれていた。

「我がまだ夜と麦のような未熟者だった頃、紹子に救われた」

威月が言うには、彼にも子犬のようなかわいい時代があったらしい。

その頃、妖に襲われてボロボロになり、消滅寸前となった威月は、紹子の住まいに迷い込んだ。

紹子は威月を保護し、手厚く看病してくれたという。

「神はすぐに大人になる。我は紹子と対等でありたい一心で修業を積み、力を蓄えた」

そして今の紗那くらいの見た目になった威月に、紹子は驚いた。

(助けた子狼が短期間でイケメンに変身しちゃったら、驚くしかないよね)

紗那はざわつく胸を押さえ、黙って話を聞き続ける。

「我は紹子に求婚したのだが、断られてしまった」

「え……」

「紹子はとある土地の龍神に仕える巫女だった。彼女は一生懸命仕え、神と人との橋渡しをし、土地の平和を願っていた」

胸のざわつきが痛みに変わっていくのを紗那は感じていた。

そんな紗那の気持ちに気づかないのか、威月の話は先に進む。

「紹子と我の気持ちは同じだった。お互いを求めていた。しかし彼女は龍神に仕える身。他の神の妻になることはできなかった」

威月は銀色のまつ毛を伏せ、うなだれる。

(愛し合っていたのに、結婚できなかったんだ)

紗那は威月がずっと独身だったことを思い出した。

彼は紹子を思い続け、現代までひとりでいたのだろうか。

考えるだけで息が苦しくなる。

「人間の寿命は短い。会える時間は少ないから、できるだけ一緒にいたいと思っていた。けれど」

威月は言葉を切り、うつむいた。

「けれど？」

その先を聞いてはいけないような気がしたが、紗那は勇気を出して問う。

威月はふうと息を吐き、続けた。

「彼女はたった二十で命を落とした。殺されたのだ」

「殺された……？」

平和を願っていた巫女が、どうして。

紗那は聞きたかったが、声にはならなかった。胸が痛いくらいに早く鼓動を打つ。

「彼女は生贄《いけにえ》になった」

当時、龍神の地で人間同士の争いが起きた。よくある権力闘争に一般人が巻き込まれ、多くの血が流れた。

龍神は自分の土地が血で穢されたことに怒り、水害を起こして土地ごと洗い流すと宣言したという。

そこでとある巫女が、龍神の怒りを鎮めるために生贄を捧げようと言い出した。その巫女は、紹子は別の土地の神――つまり威月だ――と密会し、この土地を捨てて逃げようとしたという噂を流布した。

人間たちは自分のやったことを棚に上げて紹子を罵り、捕らえ、生贄にすることを決めたのだ。

こうして紹子は生贄として龍神に捧げられ、威月と添い遂げることは叶わなかったのである。

重い威月の声を聞いていたら、あるビジョンが紗那の脳内に浮かんだ。

(初夜に見た不思議な夢)

あれは紗那が初めて威月に抱かれた夜。彼女は水に沈められる夢を見た。

しかも自分が「巫女」と呼ばれていた。あれは紹子のことだったのか。

「そなたが見た夢は、前世の記憶の一部であろう。我は彼女を助けようとしたが、父なる狼神にとめられ、助けることができなかった。龍神の怒りを買い、狼神と龍神の一族が全面的な戦いになれば、広範囲に壊滅的な影響が出るのは必至だ」

威月が紗那の思考を先回りする。

つらそうに眉根を寄せる威月を、紗那は初めて見た。

（そういえば、威月様が昔のことを思い出しているようなことが何度かあったっけ）

あれは紗那と出会ったときのことを思い出していたのではなく、それよりも遥か昔の紹子に想いを馳《は》せていたのだ。

「でもあのときあなたは、紹子さんのことなんてひとことも言わなかった」

夢のあらすじを聞けば、紹子のことに思い当たるはずだ。

「まだ話すのは早すぎると思っていた」

「今ならいいと？」

「今後、同じような夢を見たり、自分の力に戸惑ったりすることも多いだろう。話しておけば、余計な考えにとらわれることもあるまい」

では、あのとき後ろから抱きしめるように紗那を守り、力を引き出してくれたのは、前世の自分だったというのか。

紗那はにわかに信じられない。

彼女にとって、紹子はまったく知らない、赤の他人同然なのだ。

「いつから、どうして、私を紹子さんの生まれ変わりだと気づいていたんですか。あの初夜の夢の話からですか？」

「いや。そなたと会ったときからだ」

紗那が威月と出会ったのは七歳のとき。

我知らず、猿妖を祓ったときだ。

「あのときも同じように、そなたの目は輝いていた」

紗那自身には見えないが、力が発動するとき、彼女の瞳は五色に光ると威月は言う。

「その目の光は、龍神が紹子だけに与えたもの。そなたはその魂を引き継いだのだ」

神にも人間にも、紹子と紗那以外、その光を持つ者はいない。

威月はそう言い、言葉を切った。

「ずっと……私が紹子さんの生まれ変わりだと知っていたから、あなたは私を助け、守ってくれたんですね」

ずきんずきんと胸が痛む。

紗那は初めての感情に戸惑っていた。

「私を通して、ずっと紹子さんを見ていたんですね」

両親が亡くなったときから、紗那は自分が透明人間になったような気がしていた。

誰も自分を認めてくれない。気にかけてくれない。好きになってくれない。

成長するうちに友人はできたけれど、孤独はずっと彼女の心の底にあった。

でも、威月は違うと思っていた。

双子から自分の様子を聞き、紗那のことを気に入ってくれたのだと思っていた。

「そういうあと出しは卑怯《ひきょう》です」

自分の震える声を聞き、紗那は気づいた。

これは悲しみでも怒りでもない。

紹子に対する嫉妬だと。

「私は、前世なんてちっとも覚えていません。私は紗那であって、紹子ではありません」

突如立ち上がった紗那を、威月は見上げる。

眉を下げた悲しそうな顔を見ると、紗那まで泣きそうになった。

「あなただけは、私のことを愛してくれていると思っていたのに」

大股で部屋から出ていこうとすると、後ろから手をつかまれた。

「愛しているとも！」

その声は、紗那の耳にはっきりと聞こえた。

自然と涙が浮かんでくるのを抑えられず、紗那はそのまま振り向いた。

「でも、猿妖のことがなければあなたは私に気づきもしなかったでしょう？」

「それは」

「ずっと、紹子さんを愛してきたから、独身だったんでしょう?」

威月は口を引き結び、黙ってしまった。

「紹子さんの生まれ変わりでなければ、私なんて好きでもなんでもないでしょう」

「そんなことはない」

「じゃあ、この力が目的なのですか」

「違う」

強い力でムリヤリ紗那を引き寄せようとする威月だが、紗那は全力で抵抗した。

「私は前世なんて知りたくなかった!」

紗那は威月の手を振り払い、部屋を出た。決して後ろを振り向かないようにして。

残された威月はふらりと帳台に腰を下ろし、前髪をかき乱した。


威月と紗那がどうやらケンカをしたらしい。

というか、どちらかというと紗那が威月を避けているらしい。

そのような噂はあっという間に社じゅうに広まった。

威月は重い雰囲気から逃げるように……というわけではないだろうが、しばらく鳥神の領地を見守るという名目で、社を留守にしていることが多くなった。

今日も威月は紗那が起きるよりも早く出かけた。帰ってくるのは深夜だろうと、紗那は予測する。

「いいですか、奥方様。殿方の言うことにいちいち腹を立てないことです。殿方はなにも考えないで口を滑らすことがありますが、別に奥方様を傷つけようと思ってやっているんじゃないんです。本当になにも考えていないんです」

心配をした梅子が紗那の身支度を調えながら、長い講釈をする。

彼女はおそらく威月が紗那の気に入らないことをしたと思っているらしい。

それはある意味真実だが、アドバイスは的を射ていない。

「梅子さんは威月様がまだ若かった頃のことを知ってる？」

「若かった……とは、まだおさめる土地がなかった時代のことですか？」

「うん、そうね」

梅子は鼻をぴくぴく動かす。

「いいえ、私が物心ついたときにはすでに、主様は偉大な狼神でございました」

「そう……」

もしかしたら梅子が紹子のことを知っているのではと思った紗那は、肩を落とす。

威月しか知らないことは、威月の口から語られるしかない。

それが本当かどうかは、彼にしかわからないのだ。

「ははあ、若い頃の恋仲の話でも聞いたのですね」

興味深げにヒゲをぴくぴくさせる梅子の鋭さに、紗那はギクッとした。

「昔の恋仲に嫉妬するもんじゃありませんよ。意味のないことです」

「ち、違うのよ。そういうんじゃないの」

慌てて否定する紗那の言葉を聞いていないのか、梅子はなぜか自信ありげな顔で続ける。

「昔は昔、今は今。今の奥方様は紗那様なのですから、なにも気にしないでよろしい。早く仲直りして、御子をお作りなさい」

まるで若い娘に恋愛アドバイスするスナックのママだ。溢れる貫禄《かんろく》に紗那は苦笑するしかない。

「御子ねえ……」

遺狼たちが口を開けば二言目には「御子」だ。

生むのは彼らではなく紗那なのだから放っておいてほしいところだが、そうもいかない。

彼らはこの社に仕える身であり、威月にもしものことがあった場合、跡継ぎがいなければこの社は消滅する。そうなると困るのは彼らなのだ。

社の安泰のためにも、早く子供を……と望まれているのは百も承知だが、今はまったくそんな気になれない。

（威月様は紹子さんとの間に子供が欲しかったんだろうな。結婚はしていなかったけど、肉体関係はあったのか？　って、なにを考えているんだろう）

紗那は威月が紹子を抱いているところを想像してしまい、ショックで倒れそうになる。

（前世だって言われても、その人と私は違う人だもん）

紗那には想像もつかないほどの、途方もなく長い時間をかけて威月が探していたのは、自分ではなく紹子の面影だったのだ。

彼女を失った威月の心情を考えると、胸が痛くなる。

そしてそれと同じくらい、自分の無力さに打ちひしがれる紗那であった。

（私自身、不思議だった。威月様なら花嫁を選び放題だろうに、なぜなんの取り柄もない私だったのか）

威月は、「そして、あの頃と変わらぬ、弱きものに対する慈しみや、自分を虐げる者を憎まない心の広さを知った。やはり我の花嫁はそなたしかいない」と言った。

紗那は今まで自分さえも信じられなかった自分のことを、威月に肯定されて喜んでいた。

(私が、紹子さんと同じ目をしていたから。理由はそれだけなんだ)

あからさまにしゅんとする紗那を見て、梅子は尾を垂れる。

「あらあら、奥方様がそんなに悲しそうな顔をなさると、梅子も悲しくなってしまいますよう」

「うん……ごめんなさい」

「謝らなくていいですよ。甘いものでも用意しましょう」

梅子は気を遣い、身支度が終わると厨房へと駆けていった。

(情けないなあ)

威月の次に社をまとめるべき立場の自分が、みんなに心配をかけている。

双子もふたりの間のひんやりした空気に戸惑っている。

夜は下手なことを言わないように遠くから見守り、麦はふたりを元気づけようとあれこれ気を遣う。

そんなふたりに申し訳なさを感じる紗那だった。

（このままじゃダメだ）

元カノに嫉妬する妻なんて格好悪い。

過去は過去、今は今。

できるだけ早く気持ちを切り替え、威月と仲直りしなくては。

（よし、今夜は威月様が帰ってくるまで起きて待っていよう。私から謝ろう）

そうと決まればなにかきっかけが欲しい。

「そうだ、まだ作ったことのないお菓子でも作って、食べてもらうとか……」

思案を巡らせる紗那に、襖の向こうから声がかかった。

「紗那、ちょっといい？」

遠慮がちな夜の声だった。

「いいよ、どうしたの？」

自分から襖を開けて明るく答えると、廊下に立っていた人型の夜はホッとしたような笑みを見せる。隣にいる麦も同じ表情をしていた。

「紗那にお客さんが来てるんだけど」

「どうしよっかなって」

双子が交互に話す。

「お客様？　私に？」

社には意外に客人がやってくる。そのほとんどが威月に会いに来る神であり、紗那個人を訪ねてくる客人に心当たりはない。

首を傾げる紗那に、夜が答えた。

「あの……吉岡のクソババア、じゃなくて吉岡の」

「意地悪ババア！　だよっ！」

慎重に言葉を選んでいる夜と対照的に、麦は思っていることを素直に口に出す。

双子は紗那にずっとついていたので、吉岡一家のことはよく知っている。

紗那はびっくりして、麦の口の悪さを叱ることも忘れた。

「叔母さんが私を訪ねてきてるの？」

天地がひっくり返ってもそんなことはないと思っていた紗那は、目をしばたたかせた。

「いったいどうやって」

「相手はまだ俗世にいるよ。結界の外から紗那に会いたいって言ってきてる」

「なぜそれがわかるの？」

花嫁以外の人間は、神世に入ることができない。

威月が招待すればそれは可能となるが、普通の人間に俗世と神世の行き来をすることは肉体にも精神にも多大な負荷をかけるので、推奨されてはいない。

それはさておき、なぜ双子が俗世の結界外にいる叔母の訴えがわかるのか、紗那には不思議だった。

「あの鳥居の中の岩は、社の代わりに信仰の対象になっているんだ。お参りにきた人間の声が『声箱』から聞こえるようになっているんだよ」

「声箱っていう箱があってね、そこから聞こえてくるの」

夜の説明を麦が補足しようとするが、残念ながら補足になっていない。

おそらく声箱というものがインターホンのような役割をするのだろうと紗那は理解した。

「じゃあ私がその箱があるところに行って、叔母さんと話せばいいのね」

紗那が言うと、双子はそろって首を横に振る。

「ダメだよ。声箱は声が聞こえるだけ。あと、声を溜めておけるの」

麦が一生懸命説明する。

(声を溜める……録音みたいなことかな)

とにかく、電話のように応答はできないらしい。

神が人間や俗世に対して過干渉しないほうがいいからだろうと、紗那は考えた。

「うーん、どうしよう」

最後の別れ方が最悪だったので、紗那のほうに叔母に会いたいという感情はない。

(でも、学園から遠く離れた結界の入り口まで来ているということは、よほど言いたいことがあるのかも)

正直、紗那は怖かった。

威月と結婚してから、やっと素の自分でいられるようになったと思ったのに、叔母の顔を思い浮かべるだけで委縮してしまう。

「応答しなくたっていいよ」

「あのおばさんは紗那にひどいことしてきたんだもん。行ってあげなくていい」

双子がかわるがわる眉をつり上げて言う。

(それはそうかもしれないけど)

少し考えた末、紗那は決意した。

「私、行くよ。用件だけ聞いてくる」

「えーっ。ダメだよう」

「体に悪いよ。勝手なことすると、主様に怒られるよ」

双子が廊下に出ようとする紗那を必死にとめようとする。

「大丈夫よ。威月様は優しいもの。怒ったりしないわ」

「でもお」

「大丈夫よ。ひとりで行く」

つい先日、鳥神の領地に双子を連れていって、痛い目に遭ったばかりだ。

あのときは紗那も強い疲労感に襲われて力が鈍りはしたが、翌日には普通に動けるようになった。

心細いけど、双子を巻き込むよりはひとりで行ったほうがいいだろうと紗那は判断する。

心配する双子を宥め、紗那は社を出て鳥居が連なる道を歩いた。

神世から俗世へ。

元は自分がいた世界なのに、俗世に近づくにつれ、空気が澱《よど》んでいくのを感じた。

(こんなに嫌な空気だったっけ)

紗那は襟元をぎゅっと掴んだ。

胸元には母の形見の指輪。チェーンを通して首にかけてある。

なんとか結界の入り口につくと、鳥居の外に叔母が立っているのが見えた。隣には叔父もいる。

「あっ！」

叔父が声を上げた。

彼からすれば、紗那は突然岩陰から出てきたように見えただろう。

「紗那、来てくれたんだな。きっと来てくれると思って待っていたよ」

猫撫で声にゾッとする。

叔父は紗那にとって無害だったが、基本的に叔母の尻に敷かれており、紗那の味方をしてくれたことなどない。

紗那は鳥居のギリギリ内側に立ち、彼らを見つめる。

「お待たせしました」

「いいのよ。神世からこっちに来るのは大変なんでしょう？」

叔母まで柔和に話しかけてくるものだから、紗那は不気味さを通り越して恐ろしくなる。

「どういった御用でしょうか」

努めて冷静に問う。

「実は、あなたに言わなければいけないことがあって」

叔母は一歩紗那に近づく。紗那は無意識に一歩引いていた。

「あなたのおばあさんが、生きていたの」

「えっ？」

いきなりなにを言われたのか理解できず、紗那は聞き返す。

「亡くなったと思っていたあなたのお父さんのお母さんが生きていたのよ」

お父さんのお母さん。つまり紗那の父方の祖母。

そちらの祖父母も亡くなったと、両親からは聞いていた。紗那は驚いて言葉を失う。

「だけどね、今入院中らしいのよ」

「どうしてそんなことをご存じなんですか」

父方の親戚のことなど、叔母には関係のないはずだ。

両親は駆け落ち同然に結婚した。父も実家との関係が悪く、祖父母を死んだということにしたかっただけなのかもしれない。

返事を聞く前に、紗那の頭を様々な思考が巡る。

「学園から連絡があったのよ。喬牙様の花嫁にあなたが立候補したときの調査で、父方の祖母が生きていることがわかったが、今も連絡を取っているかって」

「ええっ」

紗那は学園からそんな話は一切聞いていなかった。

「あなたが威月様の花嫁になったことを知らせたほうがいいと思ってね、連絡を取ってみたの。そうしたら、今入院中で、いつどうなるかわからないって言うじゃない」

「そんな。悪い病気なんですか」

「癌ですって。もう長くないそうよ」

見たこともない祖母だが、悪い病で苦しんでいることを思うと、自然と胸が痛んだ。

「あなたなら力の強い神様にコネがあるでしょう。なんとかしてあげられない？」

紗那の脳裏に、薬神の姿が浮かんだ。だが、彼と繋がっているのは威月であって、自分ではない。

（結局私は、威月様がいなければなにもできない）

落ち込みそうになったけれど、なんとか堪えた。

「今威月様が留守で……ごめんなさい」

威月がいても、「それはできない」と答えるだろう。

花嫁の親族の願いを際限なく叶えていたら、不公平になる。特定の誰かを贔屓することはできない。

「そう……そうよね。じゃああなた、会いに行ってあげる気はない？」

「会いに行く？」

「そう。おばあちゃん、あなたのお父さんが亡くなったことも、孫がいることも知らなかったのよ。とても会いたがっているみたい」

叔母が同情を滲ませた声で言った。

彼女にも人の心があったのかと思うより先に、紗那の心は祖母のことを思って揺れに揺れた。

祖母は、紗那が生まれたことも知らなかった。父と音信不通だったからだろう。

（おばあちゃんって、どういう人だろう）

父からはなにも聞いたことがないが、会ってみたい。話をできる状態かどうかもわからないけど、できれば若かった頃の父の話を聞きたい。

勝手に俗世に出ていくわけにはいかない。しかし時間はない。

神と違い、人間は呆気なく死んでしまう。

「わかりました。一度威月様に相談してからお返事します」

すぐに飛び出していきたい思いを堪え、紗那は鳥居の内側で返事をした。

「そう……でも本当に時間がないのよ。威月様はいつお帰りになるの？」

紗那はぐっと唇を噛んだ。

威月がいつ帰ってくるか、紗那にはわからない。

（私が怒ったりしなければ）

自分が一番じゃなかったことがショックで、相手を拒絶してしまった。

紗那は自分が子供じみた嫉妬をしていたことを痛感する。

「おばあちゃん、ふもとに降りてすぐの病院に入院してるの。すぐそこなのよ」

「えっ。お父さんの実家ってこの辺りだったんですか」

「そうよ。行ってもすぐ戻れるわ。送っていってあげるから、早く」

叔母が切実な表情で訴えてくる。

紗那は躊躇した。体が重い。やはりひとりで二つの世を行き来するのは負担がかかるのだ。

しかし、この機を逃したら祖母は会えないまま帰らぬ人になってしまうかもしれない。

「そうだ、動画か写真ならどう？　私がおばあちゃんに見せておくから」

叔母がスマホを取り出し、紗那に向ける。

「ああ、ダメだわ。どうしてかわからないけど、写らない」

「真っ白だ」

嘆く叔母の手元を覗き込む叔父。

どうやら鳥居の中の紗那を撮影しようとしても、結界が影響するのか、なにも映らないらしい。

「写真だけなら……」

とりあえず今はそれだけで、直接会いに行くのは威月に相談してからにしよう。

そう思った紗那は、一歩だけ結界の外に出た。その瞬間、視界に黒いものが躍り出る。

「えっ？」

紗那が左右を見ると、いつの間にか黒い犬に挟まれていた。

叔母が口の片端を上げてにやりと笑う。

「かかったわね」

直感的に危機を感じた紗那が一歩退くより早く、黒い犬がぶわりと膨れ上がる。

レジャーシートのように平べったく広がった犬が、紗那に覆い被さった。

「叔母さん、なにをっ」

黒い布と化した犬は紗那を包むように張り付いてくる。

強引な力にねじ伏せられ、紗那は芋虫のように巻き上げられた。

そのまま地面に倒れた紗那を、叔母が冷淡に見つめる。

「本当に、バカな子」

叔母が言うと、彼女の髪の毛の間から、白い紙切れがふわりと宙に浮かんだ。

着物を着た人のような形のそれがひらひらと舞うと、紗那を強烈な眠気が襲う。

「くっ」

紗那は目に力を込めようとする。だが、もともとあった倦怠感《けんたいかん》にものしかかられ、うまくいかない。それに加え、体に巻き付く黒犬が、紗那の力を封じているようだ。

「威月様……っ」

白い紙が紗那の頭の上を踊る。

抗えない紗那は、とうとう瞼を閉じた。

その様子を、叔母の薄い微笑みが見下ろしていた。

いつまでも戻ってこない紗那を心配した双子は、結界の入り口まで様子を見に行った。

「いない！」

「いないよ！」

双子は驚愕する。

そこにいるはずの紗那がどこにもいない。

慌てて周囲のにおいを嗅ぐと、紗那と吉岡夫妻、そして人ではないもののにおいがした。

一度嗅いだような気もするが、そうでもないような気もする。

確認しようと一生懸命鼻に意識を集中した彼らだが、においは驚異的な速度で薄れてなくなってしまった。

「誰かがなにかの術を使ったんじゃあ」

「僕もそう思ってた」

「大変だ！　こうしちゃいられない」

「大変だー！」

夜のあとを麦が追い、彼らはすぐに社へ戻って遺狼たちに報告した。

たちまち社じゅうは大騒ぎになり、遺狼たちは真っ青になって右往左往する。

「どうしたらいいんだ？」

「勝手に俗世に行っちゃいけないって言われてるしな」

「でも奥方様の御身になにかあったら、おらたちもただじゃ済まねえ」

老狼たちの決着のつかない会議にしびれを切らし、夜が立ち上がる。

「主様を迎えに行ってくる！」

威月は鳥神のところにいる。呼び戻せば、きっとなんとかしてくれる。

そう考えた夜だが、老狼たちはぶるりと身を震わせた。

「こんなことが威月様に知られたら、おらたちどんな罰を受けるかわかんねぞ」

「それは、そうだけど」

社の中の誰が見ても、威月が紗那を大事にしていることは明らかである。

彼らの中には紹子のことを知るほど古い者はいなかったが、威月がいつも誰とも寄り添おうとしないことをいつも気にしていた。

そんな主人が、紗那が来てから微笑んでいることが多くなったのだ。

彼女のために庭を造り、昼と夜がわかるようにし、本当は苦手な宴会も催し……主人がこれほど誰かひとりのために動くのを、彼らは見たことがなかった。

その紗那をひとりで結界の入り口に行かせ、行方不明にしてしまったとあっては、遺狼たちがどれだけ責められるか。

夜も考えたら恐ろしくなる。

老狼たちは、威月に知られずに紗那を見つけたいのだ。

「でも、こうしているうちに紗那が泣いてるかもしれないのに」

麦がぽつりと呟く。彼は大きな目に涙をいっぱい溜めていた。

「主様のお帰りだぞ！」

襖の向こうから声が聞こえた。

頭を抱えてうずくまる老狼たちを尻目に、双子は威月の元へ駆けていった。

「主様！　紗那が！」

巨大狼の姿だった威月は、そのまま大きな赤い目を双子に向ける。

双子はふかふかの首に抱きついた。

「ごめんなさい。ごめんなさい」

麦が泣きじゃくる。

「早く紗那を見つけてあげて」

言葉の足りない麦の代わりに、夜が状況を説明した。威月は目を見開き、唸る。

「なんだと」

吉岡夫妻が結界の入り口に来ていたことは間違いなさそうだ。ずっと近くにいた夜と麦が彼らのにおいを間違えることはないだろう。

威月は考える。

（吉岡夫妻が紗那を攫った？）

それはできないだろう。紗那はまだ完全に制御できているとは言えないが、悪いものを祓う力がある。相手が妖などではなくても、動きを封じることくらいは可能だ。

しかも結界の入り口は山の中にある。地域の者が参拝できるよう、道はあるが、大人の女性を抱えてムリヤリ連れていくには大変なはずだ。

（ということは、紗那が自ら山を下りた？）

威月は考える。

紹子の話をしたときから、紗那との間はギクシャクしていた。

（紗那は我に不満がある）

どうやら紗那は紹子に嫉妬しているようだと威月は理解していた。

しかし、彼が今愛しているのは紗那だし、いない人間に嫉妬していてもどうにもならない。

そのうち機嫌が直るだろうと思っていたら、まさかの失踪。自発的な家出か。

（いや、ないな）

いくら威月に不満があろうとも、紗那が吉岡夫妻と行動をともにすることはないはず。

「あっそうだ。声箱に紗那の声が残っているかも」

麦の声に、そこにいた誰もがハッとした。

紗那が結界の入り口からすぐ離れていなければ、紗那と吉岡夫妻の会話が残っているかもしれない。

「少々お待ちを！」

叫んだのは梅子だ。彼女はピュッと走っていき、すぐに声箱を持って戻ってきた。

周囲で遺狼たちも見守る中、箱は紗那たちの声を再生する。

するとみるみるうちに威月の顔にシワが寄り、鋭い牙がむき出しになった。

「愚かなり！」

地鳴りのような威月の怒号に、遺狼たちは耳を塞いで怯える。

いつもは穏やかな威月だが、怒らせると人が、いや神が変わったようになってしまうことを、彼らは知っている。

(騙して連れていくとは。いったいなにが目的だ)

何者かが吉岡夫妻に力を貸したのだ。妖か、それとも。

(傍にいるべきだった。我は何度同じ過ちを繰り返せば気が済む)

離れないように誓ったではないか。どうして社にいれば安全だと思い込んだ。

威月は自分を責めずにはいられない。

最後に残った紗那の声が、威月の耳にこびりついて離れない。

(紗那は我の名を呼んだ。我に助けを求めたのだ)

溢れ出る怒りと後悔を爆発させるように、威月は天に向かって吠えた。

その咆哮《ほうこう》は空間ごと揺らし、雷鳴となって俗世に届いた。

私は私

紹子の耳に、藪《やぶ》の中で獣同士が暴れているような音が聞こえた。

(すぐ近くだわ)

現場に向かおうと、彼女は縁側から草履を履いて外へ出る。

そのとき、鮮やかな朱色が彼女の視界に広がった。

朱色の袴。広げた白い袖が風に翻る。

違和感を覚えた紹子はすぐ近くの池に自分の姿を映す。

水面には、二十代前半に見える切れ長の目の女性が映っていた。

長い黒髪は腰まであり、白い顔にちょこんと紅をさしている。

(はて、私はこんな顔だったかしら)

まるでさっきまで長い夢を見ていたかのように、頭がぼんやりしている。

周囲を見回すと、だんだんと意識がはっきりしてきた。

広い庭の周りを木々が覆っている。振り返ると反り返った屋根の大きな建物。朱色に塗られた柱が目に鮮やかだ。

見慣れたはずの社だ。なのに懐かしい。

紹子がしばらくぼんやりとしていると、庭の隅からガサガサと音が聞こえた。

（そうだった）

そもそも外から不穏な物音が聞こえたから庭に出たのだった。

音のしたほうへ駆けていくと、白い犬が横たわっていた。

「おや」

よく見ると犬ではない。狼だ。まだ犬くらいの大きさしかないが。

うっすら開けた目から赤い瞳が見える。白銀色の毛のあちこちに血が滲んでいた。

「ねえ、大丈夫？」

ただの犬ではないことは、紹子には自然にわかった。邪悪さを感じられないところを見ると、妖ではなさそうだ。

「狼神の眷属かしら」

神同士のケンカか、妖か、あるいはカラスにつつかれたか。

手を出すと、威月は牙をむき出して威嚇する。

それでも紹子は怯むことなく、威月の頭を撫で、ひょいと肩に抱き上げた。

唸り声を上げる威月の背を撫で、紹子は優しく言う。

「大丈夫よ。私は敵じゃない」

紹子は威月を建物の中に連れていき、威月の傷に薬を塗り、布を巻いた。

威月は紹子に懐き、足しげく彼女の元へ通うようになった。

紹子が住んでいるのは龍神を祭る神社の境内である。本殿は一般人も参拝できるようになっているが、紹子がいる別棟は、神職や侍女以外は立ち入らない。

「あれっ、どうしたの」

紹子は目をぱちくりさせた。

たったひと月ほどで、威月は大人の狼ほどの大きさになった。人間に変化できるようにもなり、その姿は人間で言えば二十歳前後くらいの見た目だ。

美しくまた逞しく成長した威月に紹子は見惚れた。

神は動物と違い、力の強さで見た目も変わる。

長く生きた狼神は人を丸呑みできるくらいの大きさになるという。

「そなたのおかげだ」

人型になった威月は頬を染めた。

彼は紹子に助けられた日、妖と揉めてボロボロにされたのだ。

落ち込んでいたところを紹子に「まだ幼いんだもの、仕方ないわよ」と励まされ、傷が癒えてから修行に勤《いそ》しんだらしい。

威月は偉大な狼神の末裔であり、未熟であった。

「私はなにもしてないわ。あなたが精進したからよ」

にこりと笑う紹子に、威月も頬を緩める。

彼はなにげない世間話をしに紹子の元に通い、紹子は彼の来訪を心待ちにするようになった。

そうして出会いから一年が経ったある日。

「我と夫婦になってはくれぬか」

威月が紹子の手を握って言った。

庭の紅葉が風にさらわれてはらはらと舞う。

紹子は頬を赤く染めた。彼女の心もまた、威月に惹かれていた。

しかし、彼女は悲しそうに首を横に振る。

「私は龍神様の巫女だもの。誰かの妻になることはできないわ」

彼女はこの土地をおさめる龍神に仕える巫女である。

龍神と人との懸け橋となり、お互いの意思を通じさせるのが役目だ。

それは誰にでもできることではなかったが、彼女の他にも数人の巫女が仕えていた。

紹子はその中でもひときわ熱心に働いていた。

他の土地に住む威月の妻になるということは、この土地を捨てていくということだ。

紹子は迷っていたが、今はまだ威月の妻になることはできないと考えた。

つい最近、とある権力者の暗殺騒動があったからだ。

これから人同士の争いが起きる。そんな噂は人々の心を乱した。

『争ってはいけない』という龍神の言葉を伝えるべく、巫女たちはどうにか権力者たちの心を動かす方法を考えているところである。

「でも、あの、私が女盛りを過ぎるまで待ってくれるなら……。巫女として必要とされなくなったら、あなたの元へ行ってもいい？」

紹子は威月への気持ちを自覚していた。

巫女はよほどの者でない限り、年とともに力が薄くなっていく。

そうして役目を果たせなくなったら、若い巫女の世話をするようになるのだ。

「なんて、そんなの嫌よね」

紹子は自虐的に笑ったが、威月はくすりとも零さずに彼女を見つめる。

「それでもいい。我はいつまでも待つ」

「威月……」

「そなたは美しい。きっと、老婆になってもかわいいままだろう」

威月が節くれだった大きな手を彼女に差し出す。

真っ直ぐな視線が紹子の五色の目を貫いた。

「まあ。老婆になった私でもいいの？」

紹子の声が震えた。

彼女は物心ついたときから巫女としての教育を受けており、普通の娘のような楽しみを知らずに育った。実の両親とも滅多に会えない。

そんな紹子は誰かに愛された記憶がなかった。

龍神の巫女であることは大変名誉なことであり、重要な役割であることはわかっている。

けれど紹子の心には、いつも孤独が巣くっていた。

正直に言えば威月さえも、紹子が巫女だから親しくしてくれるのだと思っていた。

巫女でない自分など、なんの価値もないのだと。

「当たり前だ。我はそなたの力ではなく、そなたの心が欲しい」

息を呑んだ紹子の目から、ひとしずく涙が零れ落ちた。

真珠にも似たそれを、威月が唇を寄せてすくう。

「本当に？」

「ああ」

「信じていいのね」

「そなたの他の花嫁はいらぬ」

返事の代わりに、威月は彼女を強く抱きしめる。

(このまま彼と一緒に逃げてしまえたら)

威月から離れたくない思いは強かったが、彼女はかぶりを振った。

人々を争いから遠ざけなければ。自分にはまだやることがある。

「ありがとう」

見上げた紹子の唇を、威月は一瞬だけ奪った。

「ともに幸せになろう」

微笑む威月に、紹子は泣き笑いで返した。

繋いだ手の温かさに、積もった孤独が溶かされていく。

「うん。必ず」

一緒になることを誓い、威月は名残惜しそうに帰っていった。

紹子の気分はしばらく高揚していた。

(争いが落ち着いたら、すぐに威月の元へ行こう)

人間の命は短い。老いて力が衰退していけば自然にお役御免になるだろうが、そこまで待ってはいられない。

この土地が平和になるのを見届けたら、威月の元へ行こう。

彼女は一生懸命に祈りを捧げ、龍神の言葉を人々に伝えた。

しかし、権力者たちはひとりの巫女の言葉に動かされはしなかった。

神への畏怖を忘れ、とうとう大規模な争いが起きたのである。

土地は焼かれ、多くの血が流れた。

食べ物がなくなり、病が流行り、土地は荒れに荒れた。

それは龍神の怒りを被るのにじゅうぶんな行為だったのである。

ある夜、剣や槍《やり》で争う人間たちの間に雷が落ち、豪雨が彼らを容赦なく濡らした。

「我が土地を穢した人間たちよ。決して許さぬ」

豪雨とともに降ってくる声に、人間たちは震え、武器を捨てて跪いた。

「このまま土地ごとお前たちを洗い流してやる」

争いを起こした原因となった権力者は、すでに敵の刃に倒れている。

「どうすればいい。神の怒りを鎮めなければ」

男たちが大慌てで話し合っているところへ、ひとりの巫女が現れて言った。

「生贄を捧げるのです。さすれば龍神様もお静まりくださるでしょう」

この巫女が曲者《くせもの》だった。彼女は周囲の人間の信頼も厚く、親しまれていた紹子をずっと妬んでいたのだ。

「巫女の中に、あろうことかよその土地の神と通じている者がおります。その者を差し出すのです」

彼女は紹子が威月とたびたび会っていることも知っていた。

美しい神と恋仲になった紹子をますます憎らしく思っていたのである。

この巫女の発言を受け、男たちは紹子を生贄として捧げることに決めた。

なにも知らない紹子は寝ている間に術をかけられ、動きを封じられた。

彼女は覚醒したが、自分の体も、瞼さえ開かないことに気づいて驚いた。

自分以外の人の気配がする。ひそひそと話す声があちこちから聞こえる。

彼女の全身を恐怖が駆け抜ける。

意識ははっきりしているのに、どうして体が動かないのか。

自分の手が腹の上で組まれていることも、硬いなにかに縄のようなもので体を括りつけられて横たえられていることもわかるのに。

「そろそろ時間だ。巫女を運べ」

彼女の体がふわりと浮く。自分を括りつけた板のようなものを、数人で運んでいるようだ。

(なに、これ。いったいなにがどうなっているの)

混乱する彼女に、誰かがささやきかけた。

「よかったわね、紹子。最後にとてもきれいな衣装を着せてもらって」

あの巫女の声だ。自分をよく思っていなくて、なにかと意地悪をしてきていた、あの巫女。

「土地を守ってくれてありがとう。龍神様の一部となって、私たちを見守ってね」

お礼を言っているようだったが、紹子には「ざまあみろ」としか聞こえなかった。

土を踏むような音のあとに、水のにおいを感じる。

木や土を湿らせる水のにおい。

龍神が住む湖のにおいだと気づき、紹子は身を震わせた。

土地を守る。龍神の一部となる。

それは、生贄となって身を捧げるということ――。

（威月、威月……！）

バシャバシャと自分を運ぶ者たちが水に入ったような音を聞き、紹子はさらに恐ろしくなる。

「龍神様！　この者の命と引き換えに、お怒りをお鎮めください！」

男たちはかけ声とともに、担いでいた紹子を乗せた板から手を離した。

優美な衣装に身を包んだ彼女は、身動きできぬまま水の上に放置される。

「紹子！　紹子ーっ！」

紹子はハッとした。遠くから威月の声が聞こえた。

（ダメよ威月）

龍神は怒っている。よその神がここで人を襲いでもしたら、さらに怒って災いが起きる。

心配したが、威月が傍までやってくる気配はなかった。誰かがとめてくれたのだろう。

男たちが見守る中、紹子を乗せた板は引き寄せられるように湖の中心までゆっくり滑っていき、突如沈み始めた。

「龍神様が生贄を受け入れたんだわ」

紹子を陥れた巫女の声が明るく響く。

冷たい水に包まれ呼吸を奪われた紹子に、龍神はささやいた。

「哀れな子よ。そなたに代わり、人間どもを壊滅させてやろうか。どうする」

苦しむ紹子は、遠のく意識で龍神に語りかけた。

「いいえ。私の命でみんなを助けてくださるなら……」

彼女は覚悟を決めた。

龍神はいまだに人間に嫌悪を抱いている。自分ひとりの命でこの土地の人々が助かるなら、そうしよう。

「愚かな……いや、優しい子よ。そなたに免じて土地を再建してやろう」

それが紹子が最後に聞いた言葉となった。

仕方ないわよ。私は巫女だもの。人間の争いをとめられなかった責任もある。

けれど。

(威月……)

先に行ってごめんね。

あなたを孤独にさせてごめんね。

いつかまた、どこかで出会えたら……きっと、私に気づいてね。

思いを言葉にすることもできず、紹子は力尽きた。

「いやあ……っ!!」


声を上げたのが先か、起き上がったのが先か。

荒い息をつき、紗那は身を震わせた。

リアルに覚えている水の感触。威月に対する切ない想い。

紗那はぽろぽろと涙を零す。この記憶を他人のものと思うにはムリがある。

自然と溢れ出るものをぬぐいもせず、紗那は夢の記憶を反芻した。

(そうだった。私は生贄にされた。やっぱり私の前世は紹子さんなんだ)

威月はどんな気持ちで、紹子がいなくなった世界を眺めていたのだろう。

最愛の人を亡くし、それでも消滅することなく、紗那には想像もつかないくらいの膨大な時間をどうやって過ごしていたのか。

考えると、紗那の胸は潰れそうになる。

彼の悲しみを思いやることもなく、責めてしまった。

紹子だって、自分が生まれ変わったら威月とまた会いたいと思っていた。

(魂が呼び合ったから、私たちは出会うことができたんだ)

それなのに。威月は紹子の願い通り、出会った瞬間に気づいてくれたのに。

後悔が紗那の胸を締めつける。

「やっと起きたわね」

声をかけられ、紗那は我に返る。

顔を上げて驚く。紗那はなにもない部屋の中にいた。

目の前に格子があるところを見ると、まるで牢獄《ろうごく》のようだ。格子には不規則に呪符が何枚も貼られている。

暗い部屋には窓もない。外の音も聞こえない。

（ここは……もしかして、地下？）

冷たく固い床の上に転がされていたのか、体中が痛い。

そしてなにより紗那を不安にさせたのは、格子の外から彼女を見下ろす人物である。

「穂香……」

薄暗い空間の中、穂香はランプを持って立っていた。

紗那は夢を見る前のことを思い出す。

（そうだ、叔母さんたちが突然訪ねてきてそれで……）

騙されたのだ。紗那は自分の迂闊《うかつ》さを呪う。

「父方の祖母が生きているっていうのは」

「私たちが知るわけないじゃない。生きてるかもしれないけどね」

「全部あなたたちの作り話なのね」

父方の祖母の行方を吉岡夫妻が知っていることに、違和感を覚えなかったわけじゃない。

だけど万が一本当の話ならば、と思ってしまった。

「甘いのよ。私たちがあんたのためにあんな山奥まで行くわけないでしょ」

穂香が呆れたように吐き捨てる。

紗那はその憎らしい顔を見上げる。立ち上がろうとするが、動けない。高熱にうなされる病人のように体が重かった。

まるでなにかに力を吸収されている――見回した紗那の目に入ったのは、格子の呪符。

(あれが私の力を封じている)

呪符に書いてある言葉は読めないけれど、それが紗那にとってよくないものだということはなんとなく感じた。

「私をどうするつもりなの？　叔母さんたちまで出てきた理由は？　ここはどこな

の」

「質問が多いって。あんた、そんなに喋れたのね」

両手で格子をつかんだ紗那の手から湯気が立ち上る。

思わぬ痛みを感じ、紗那は手を引っ込めた。

「触らないほうがいいわよ」

ニイッと笑う穂香。紗那が痛む手のひらを見ると、やけどのように赤くなっていた。

「ここがどこかは教える義理がないけど、これからなにがあるかだけは教えてあげる」

「これから……」

「あんたと私は入れ替わるの。喬牙様の術でね」

入れ替わるとはどういうことか。意味がわからず、紗那は唖然となる。

「私たちの魂を抜いて、お互いの体に入れ替えるの」

「そんなこと、できるわけない」

「できるのよ。神ならばね」

自信満々に微笑む穂香から、紗那は距離を取る。

「どうしてそんなことするの。あなたは私のことが嫌いなはずでしょ」

普通に考えれば、誰だって嫌悪している相手と肉体が入れ替わるなんて、嫌なはずだ。

正直なところ、紗那だって穂香の見た目にはなりたくない。いくら美人でも、鏡を見るたびに穂香の顔が映ったら、つらい記憶を思い出して気が滅入《めい》ってしまう。

「ええ、大嫌い。どうしてあんたが私よりもハイスペな旦那を捕まえて幸せにやってるの？　許せない」

「どうしてって言われても」

紗那は返答に窮した。威月に選ばれたのは、自分が紹子の生まれ変わりだからだ。つい最近まで、紗那はそれが不満だった。

しかし今は、そのおかげで今の幸せがあると思っている。

だがそれを穂香に説明している時間はなさそうだ。

「私はあんたより幸せになるべきなんだよ。あんたの皮を被るのは絶望的に嫌だけど仕方ない。私はあんたになって、狼神様の妻になる」

「えっ」

「そうして、豪華な社で豪華な衣装を着て、他の神もひれ伏す高位の神に愛されるの。みんなが私にも跪くようになる」

うっとりとなにかを夢想しているような穂香の表情に、紗那の背筋は寒くなる。

「それがあなたの望むことなの？」

紗那にはわからない。他者が自分に跪くことのどこに価値があるのか。

大切な人たちと同じ時間を過ごすこと。それだけで幸せと思える紗那と穂香とは、価値感が根本的に違うようだ。

「もちろん、うちの両親にももっといい待遇をしてもらわなきゃね。あんたの皮被って頼めば、楽勝でしょ」

「そんなの、威月様はきっと見抜くわ」

「見抜いてどうする？　あんたの体を、あの神はきっと殺せない。そのうちにあんたは喬牙様に穢されて、二度と狼神様の元には戻れないようになるのよ」

おぞましい穂香の言葉に、紗那は自分の耳を疑った。

穂香の身体になった紗那は、もちろん狗神の花嫁として扱われる。つまりそういうことだ。

傷つくのは体だけではない。魂に威月以外の神に嬲《なぶ》られた記憶が刻まれる。

「穂香は私が喬牙様の近くにいても平気なの？」

「全然平気」

「そんな。夫婦なのに」

紗那には理解できない。威月が別の人を愛している姿を想像するだけで、紗那は胸が痛む。その相手がたとえ自分の前世だろうと。

「喬牙様はあんたの魂が欲しいんだって。私たちは利害が一致したの」

穂香が懐から鍵を取り出し、格子の戸を開ける。

紗那は彼女を突き飛ばして逃げることを考えるが、立ち上がることもできない。

「動けないでしょ。かわいそうに」

うっすら不気味に笑った穂香は、着物の袂からなにかを取り出す。

丸い柄に、三角柱の尖った切っ先。鈍色《にびいろ》に光るそれを、穂香が逆手に握る。

じりじりと近づいてくる彼女に、紗那は恐怖を感じた。

「なにをするの」

「まず、あんたを殺す。その魂がふわっと出たところに、私の魂を入れてもらう」

「そんな。体が死んだら意味ないんじゃないの?」

いくら神の花嫁となり不老不死であったとしても、肉体に著しい損傷を負えば死もあり得る。怯えてあとずさる紗那を、穂香は至極愉快そうに見下ろす。

「安心しなよ。これは特別な呪具だから。体は滅びない」

「やめて……」

「私のこと、ずっとうらやましいと思っていたよね。それならもっと喜べば？」

紗那の脳裏に幼い頃からの思い出が走馬灯のようによみがえる。

両親に愛され、容姿にも恵まれた穂香を、一度もうらやまなかったと言えば嘘にな
る。でも。

「私は、他のものになりたいなんて思ったことは、一度もないっ！」

初めての反抗。

大声を出されて驚いたのか、反射するように呪具を振り上げる穂香。

紗那は全身全霊で穂香を睨んだ。

まばゆい光が格子の間から溢れ、廊下まで明るく照らされる。

「ぎっ……」

言葉にならない声を上げ、穂香は呪具を床に落とした。

「いや、見えない、見えないいいっ」

両手で目を押さえて悶《もだ》える穂香。

「眩しいだけ。すぐに慣れるよ」

紗那が重い体を引きずり、コロコロと転がる呪具を手を伸ばしてとらえようとした

とき。すっと、大きな手が呪具を取り上げた。

あと少しというところで呪具を逃がした紗那が見上げると、そこに喬牙が立っていた。

「穂香ひとりじゃ心配だから見に来たんだ」

まだ目を押さえている穂香を壁際に座らせ、喬牙は紗那のほうを振り返る。

「素晴らしく強いんだね。きみの力は」

人懐っこそうな笑顔を浮かべて近づいてくる喬牙。紗那はもう振り絞る力もなく、彼を見上げた。その後ろから出てきたものを見てゾッとする。

黒くうねる毛を持つそれは、鳥神の領地で見た妖そのものだった。

室内だからか、大型犬くらいの大きさに変化している。いや、もともとそういう大きさなのか、紗那にはわからない。

「それ……あなたの眷属なの？」

あまりに禍々しい気を放っているので、妖とばかり思い込んでいた。

本来、神は妖を従えたりしない。

「元眷属だったものだ。今は祟り神になってしまった」

紗那はごくりと唾を飲み込んだ。

元が違うだけで、妖も祟り神も、邪悪なものには違いない。

「怒っているよ。仲間の祟り神を殺されたから」

グルグルと凶悪な唸り声が、黒い塊の中から聞こえる。紗那はぶるりと身を震わせた。

「あまり手荒なことはしたくない。体に与える損傷が大きいと、復活に時間がかかる。抵抗しなければ、この呪具で仕留めてあげる。これなら痛みも傷も最小限だ」

ということは、紗那が抵抗すれば祟り神に襲わせて殺させるということだ。

呪具の切っ先を眺める喬牙は、のほほんとした顔をしている。

紗那にとっては、ぎらぎらした目で睨みつけてくる穂香より、喬牙のほうがよっぽど恐ろしかった。

「どうして私の魂が欲しいんですか。あなたは穂香を妻にしたのだから、穂香を幸せにする義務があるはず」

掠れた声。紗那は初めて自分の口が乾いていることに気づいた。

紗那の言葉を聞いて、喬牙は「ははっ」と声を上げて笑う。

顔を押さえたままの穂香の肩が震えた。

「穂香は俺じゃなくてもいいんだよ。あらゆる観点からきみを見下すことが、彼女の中で一番重要なんだ」

「そんなことより、もっと幸せなことがあるのに」

誰かより上だとか下だとか、そんなことばかりにこだわっていて、なにが得られる。

穂香がうつむいたように、紗那には見えた。喬牙はにっこりと笑う。

「きみはいい子だね。だけど、愚かだ」

笑顔の奥の圧力に負け、紗那は口を閉じた。

「この世は力がすべてなんだよ。きみが幸せな結婚生活を送れるのは、威月殿が高位の神だからだ」

そうだろうかと紗那は考える。

威月は紗那のために殺風景だった社を幻影で飾り付け、食べたいものはなんでも食べさせてくれるし、着るものも余るくらい与えてくれる。

それは、威月が高位の神だから。

彼がまだ紹子と会ったときのような幼い神だったら、紗那は今のような待遇は受けられていなかっただろう。

「力がないというのは惨めなことだ。なあ、穂香」

落ち着いた穂香が、怯えた目で喬牙を見上げる。そもそも紗那の力は神や妖に対して効力を発するものであり、人間に対しては目くらましくらいにしかならない。

「俺には子が生まれない。今まで何人も妻を取り換えてきたが、誰との間にも子を成したことがない」

「なんですって」

声を上げたのは紗那ではなく穂香だった。彼女も初めて聞く話らしい。

「力が足りないから、女神には見向きもされない。だから俺は人間の妻と子を成そうとした。突然変異で力の強い子が生まれるのを期待して」

いつもは明るい喬牙の声が暗くなっていく。

「だが、どうだ。俺の遺伝子は人間と合わないのか？　それとも、種を超えて子を成す力が足りないのか？　一柱もできやしない」

忌々しそうに吐き捨てる喬牙。

しかし彼は手のひらを返すように、突然にこりと紗那に笑いかける。

「でもね、きみと俺ならきっとうまくいくと思うんだ。きみの力は傍にいる神をも強くする。婚儀のときに、そう聞いた」

「うまくいくって……」

「きみは穂香と入れ替わって、俺の花嫁になるんだよ。大丈夫、一生大事にする」

紗那はめまいに似た感覚に酔いそうになる。

穂香も喬牙も、なにを言っているんだろう。

「どこからが、あなたたちの策略だったの？」

「鳥神の領地を荒らしたところくらいかな。鳥神はきっと威月殿に助けを求めると踏んだんだ。おせっかいな威月殿はきっと鳥神の問題を解決するため、領地に通う。社に彼がいない隙にきみをおびき寄せる。とてもうまくいった」

紗那はまんまと罠にはまった自分を再び恥じた。

どうして吉岡夫妻の言うことなど信じてしまったのだろう。

どうしてこの期に及んで、彼らが自分のことを思ってくれることを期待してしまったのだろう。

「最初はきみを保護するふりをして威月殿に恩を売り、取り入るつもりだった。力が弱ければ、強いものの庇護を受けようと思ってね。だけど実際にきみの力を目にしたら、どうしても欲しくなってしまった」

「ちょっと待ってよ」

穂香が語気を荒らげる。

「本当は狼神に取り入るつもりだった？　うちの両親まで使ってこいつをおびき寄せ

て……私たちに罪をなすりつけるつもりだったってこと？」

「あーうるさい。霊力もろくにないやつは黙れ。巫女の家系だって言うんなら、彼女より強い力を覚醒させてみろよ」

穂香はわなわなと震え、口を開くが言葉が出ない。

今まですべて自分の思い通りにしてきた彼女は、誰かに裏切られることなんて少しも考えていなかったのだ。

「ひどい」

穂香のことは好きではないが、喬牙の言い草はない。

紗那は喬牙を睨みつけた。

「私は絶対、あなたの妻になんかならない」

拒絶されてもなお、喬牙は余裕を持っているように見える。

「喜んで承諾してもらえるとは俺も思っていない。だから」

彼は呪具を握り直す。

「きみの記憶を消させてもらうよ。これで頭をひと突きするのさ。そうしたら嫌な記憶をきれいさっぱり忘れて、穂香の体の中に入れる。俺には人の魂を入れ替える力なんてないけど、偶然いい呪具を手に入れたんだ」

ということは、あの呪具が、とてつもない力を秘めているということだ。

紗那は喬牙の手元を注意深く見つめる。

喬牙は、もともと威月に逆らうようなことをする性格ではなかった。力の強い呪具が彼を変にしてしまっているのではないか。

(婚儀のときに見た彼とは別人のような目つきになってしまっている)

疑うけれど、紗那にはそれを確認する術はない。

「待ちなさいよ。私はどうなるの」

穂香が噛みつくように言うと、喬牙はうざったそうにそちらを見た。

「心配しなくても計画通りにやるよ。この子の身体がないと威月殿が大騒ぎするだろうし。そんなにせっつくなら、お前からやってやろう」

喬牙は方向を変え、穂香に近づいていく。

穂香がびくりと身を震わせた。

「かわいそうに。その外見だけがお前の長所だったのに」

「なんですって」

「力を失い、性格がひん曲がった妻を、威月殿はいつまで大事にしてくれるかな」

喬牙が呪具を振り上げる。その切っ先は真っ直ぐに穂香に向かっていた。

「やめて！」

紗那は叫ぶ。喬牙の手がとまった。彼女はいつの間にか、立ち上がっていた。

「もうやめて。穂香も目を覚まして。どうしてもっと自分を大事にしないの」

「え……」

穂香は呆気に取られた顔で紗那を見る。

「一緒に逃げよう。こんな男からは逃げて、ちゃんとあなたを愛してくれる人を探そう」

紗那は座り込んでいる穂香に手を伸ばす。

「なに言って……」

「じゃああなたはこのままで本当に幸せになれるの？」

穂香は目を見開く。

返事を待たず、紗那は穂香の腕をムリヤリつかんだ。しかし。

「触らないで！」

穂香は立ち上がりざまに紗那の手を振りほどく。

驚いた紗那を尻目に、穂香は喬牙の後ろに回る。

「やって！　あいつと私を入れ替えて！」

叫ぶ穂香の声が紗那の頭に絶望的に響く。

喬牙はニイッと笑った。その顔は、もう人懐っこい柴犬の顔ではなかった。

「それでこそ俺の花嫁だ」

喬牙は高く掲げた呪具を振り下ろす。

思わず目をつむってしまった紗那に、訪れるはずの痛みは来なかった。

代わりに、甲高い悲鳴が彼女の耳をつんざく。

「……っ、穂香っ」

恐る恐る目を開けた紗那が見たのは、喬牙の足元に倒れこんだ穂香の姿だった。

肩口が赤く染まり、床にも血溜まりができていく。

穂香はうつ伏せに倒れており、表情が見えない。

「次はきみだ」

喬牙が穂香の身体を跨《また》いで紗那に近づく。

「なんてひどいことを」

穂香は自己中心的で、話が通じない、救いようのない人物だったかもしれない。

でも、仮にも神である者が、こんなに簡単に人を傷つけるなんて。

紗那は怒りに震える。

「……私に近づかないで！」

燃えるような怒りが、自分の内側から湧いてくるのを紗那は感じる。

もう、誰かに手伝ってもらう必要はなかった。

喬牙に向かって眉間に力を込め、思い切り睨みつける。

暗い地下牢に光が溢れた。その瞬間、喬牙の前に黒い影が躍り出た。

「なっ」

紗那が瞬きをすると、光はおさまった。

飛び出してきたのは、喬牙が連れていた祟り神だった。

無数の小さな塵になったそれは、喬牙の身体に降り注ぐようにして消えていった。

紗那は体が急に重くなるのを感じる。

爆発的に高めた力を解放し、呪符の力に対抗する余力がなくなったのだ。

「この前は歯が立たなかったのに。覚醒したんだね」

「覚醒？」

その言葉に、紗那は聞き覚えがある。

最初に巫女の力を覚醒させたときだ。

威月は覚醒と言っても紗那の力は目覚めたばかりで、そのうちどんどん強くなるだろうというようなことを言っていた。

「そう。きみの中にもともとあった力が目覚めたんだ。素晴らしいよ」

喬牙が言うのは、目覚めた力が本来の強さを取り戻したということだろう。

(今までが仮の覚醒、今のが本覚醒ってことね)

紗那は紹子のことを思う。

同じ魂を引き継いだ紗那は、過去を思い出すことで力を本覚醒させた。

ぼんやりした短い夢ではなく、紹子の魂を自分が引き継いでいると確信したのは、ついさっきだった。

だから生まれてから今まで、なかなか本覚醒できなかったのか。

荒い息をつく紗那は、ひとりで納得していた。

「さあ、早く俺のものになってくれ」

喬牙が紗那の腕をつかむ。

彼は逃げられなくなった紗那の頭上に、凶暴な切っ先を突きつけた。

そのとき、彼らの頭上からバリバリとなにかが砕けるような音がした。

見上げた紗那の視界に、崩れた天井の瓦礫《がれき》が土煙とともに降ってくる。

(ああ――)

絶体絶命。

紗那がすべてを諦めかけたとき、彼女の胸から温かな光が溢れた。

(威月様！)

(この光……お母さん？)

胸にかけた形見の指輪から溢れた光が、紗那の周りを卵の殻のように包み込む。

瓦礫は光の上を滑るようにして落ちる。

喬牙の姿が土煙に包まれて見えなくなると、上から白いなにかが降ってきた。

すとんと紗那の目の前に降りたのは、白銀の毛を持つ狼――威月だった。

光の殻が溶けるようにして消える。

紗那が上を見上げると、遠い夜空に星が瞬いていた。

「威月様！」

紗那が駆け寄り、威月の身体に抱きつこうとする。

しかし威月は紗那を振り切るように地を蹴り、おさまりかけている土煙の中に突っ込んだ。

「ああっ！」

ごうっと炎が燃え上がる。

炎の勢いで土煙が吹き飛ばされた。

そうして紗那の目に見えたのは、威月に抑え込まれてもがき苦しむ、大きな柴犬の姿だった。

柴犬はきっと喬牙だ。紗那は直感する。

威月の本来の姿が狼であるように、喬牙の本来の姿は柴犬だったのだ。

「よくも我の妻を攫ってくれた。覚悟はできておろうな」

威月は今にも喬牙を噛み殺してしまうのではないかと思うほど、大きな牙をむき出しにして恐ろしい声で唸る。

「やめてください威月様！」

喬牙の近くには穂香がいるはず。

「穂香が大変なの。お願い威月様、穂香を助けてください」

威月は顔を上げると、穂香の姿を見つける。

幸い、瓦礫にも威月の術にも巻き込まれていない。

威月は抑え込んだ喬牙にふっと息を吹きかける。

すると喬牙は眠るように目を閉じ、脱力した。

威月は喬牙から離れ、穂香に近づき、同じように息を吹きかける。

「ん……」

「穂香！」

紗那が駆け寄ると、穂香の肩の傷が塞がっているのが見えた。

（威月様が治してくれたんだ）

穂香は気を失っているみたいだが、呼吸は安定している。顔色も悪くない。

「ありがとうございます、威月様」

「気を抜くな、紗那」

威月の身体が一瞬で人間の姿に変わる。

紗那が威月に寄り添うと、喬牙が「ううん」と唸って起き上がる。

彼もまた、人間の姿に戻っていた。

「あれ、俺は……」

「狗神・喬牙よ」

威月が話しかけると、喬牙は夢から覚めたような顔をして平伏した。

「我が妻を攫った理由を聞かせてもらおうか」

背後に回った紗那も震え上がるほど冷たい、威月の声。彼の全身から怒りが迸っているのが見えるようだ。

「あ、わ、あの。あいつです。あいつにそそのかされて」

喬牙は穂香を指さした。

「ちょっと待ってよ。たしかに穂香も悪いけど、あなただって加担したでしょう」

黙っていられず、つい口を挟む紗那。

「なんだと？」

喬牙はあわあわと口をパクパクさせている。

「理由はどうであれ、我にたてつくとは、見上げた度胸だ。しかもその罪をすべて妻になすりつけるとは。どうなるかわかっているのだろうな」

「ち、違うんです違うんです。ちょっとした出来心だったんです。そもそも俺はあなたに取り入ろうと……」

「取り入るだと？　そのために紗那に術をつけておいたのか」

喬牙はギクッと身を硬直させる。

「術って？」

「そなた、気づいておらんのか。髪の間に小さな虫がついておるぞ。それがこやつの放った密偵だ」

「ええーっ」

虫と聞き、紗那は解けた髪を手でばさばさと払った。

ふわりと目の前に、白い虫が飛んでくる。

威月は紗那の代わりに、それを両手を合わせて潰した。

パアンといい音が響き、威月が手を広げると、虫はひゅるると床に落下した。

「これでずっと我らの様子を窺っておったな」

「いや、ひえ、あの」

「ずっとっていつから？」

紗那が話に割って入る。

「そなたが嫁いできた直後から。こちらには後ろめたいものなどないでな。仲睦まじい様子をその娘にも知らせてやろうと、そのままにしておいた」

「やめてくださいよ！」

紗那は真っ赤になって叫んだ。

嫁いだ直後ということは、閨《ねや》での情事も、温泉での入浴も、筒抜けだったことになる。

「でも、結局は威月殿が紗那殿に心底惚れているということしかわかりませんでしたので」

「だから許せと？」

弁解しようとすればするほど、墓穴を掘っていく喬牙。

威月の赤く光る瞳にぎらりと睨まれ、喬牙は縮み上がる。

「紗那、ここであったことを説明しろ」

「は、はい」

紗那はかいつまんで威月に話す。

「なるほど。我が妻を攫っておいてすべてを吉岡家のせいにし、自分は保護したふりをして我に取り入ろうとしたと。だが途中で紗那が欲しくなり、その女に与えた呪具を自分で使おうとした。無茶苦茶だな」

「ですよね。どうしてかな、その呪具を持った途端、変な気分になって」

威月に呆れられ、喬牙はしゅんとうなだれた。

「たしかに、喬牙様は別人みたいになっていました」

「取り憑かれたか」

威月は紗那が指さした呪具を拾い、まじまじと見つめる。

「ところでこれはどこで手に入れた？　本当に人の魂を入れ替える呪術を行えるとなると、相当な代物だ」

紗那は威月までおかしくなったりしないかと、ハラハラして顔を覗き込む。

だが威月は涼しい顔のまま。

「ある日行商人がやってきて、格安で譲ってもらったのでございます」

「行商人？　人か？」

「いえ、たぶん妖か祟り神か……艶やかな女性の姿でした」

「嘘を言うとただではおかぬぞ」

「嘘だなんて、滅相もない！」

正座をしたまま両手をぶんぶん振って否定する喬牙が嘘を言っているようには、紗那には見えなかった。

威月は怪しい行商人からなにも確認せずに呪具を求めた喬牙に呆れ果てた。

深いため息が落ち、喬牙は頭が地につくのではないかと思うくらいうなだれる。

「威月様、それを壊してしまえばいいのでは」

「ああ、そうだな」

威月は呪具をぐっと握りつぶすように力を入れる。

「む？」

威月は首を傾げる。

さらに拳に力を込めるが、呪具はびくともしない。

「なにこれ……」

威月の力でも破壊できないとは、どれほど強い呪いを纏っているのか。紗那は恐ろしくなる。

喬牙もその様子を見て青くなっていた。それほどの代物だとは思っていなかったらしい。

「仕方ない。これは持っていく。根源主に解呪していただくしかあるまい」

「ははっ」

喬牙が深く平伏する。

「行くぞ、紗那」

威月は紗那が思ったよりもあっさり、喬牙を許したように見えた。

だが次の瞬間、彼はくるりと振り向く。

「自分のしたことを悔いるがよい。そなたは鳥神まで巻き込み、彼の領地を荒らした。これは簡単に許されるべきことでない」

鳥神にとっては迷惑以外の何物でもない。

喬牙のしたことは鳥神の力を乱しただけでなく、その領地に住む人々や生き物に多大なる恐怖と不安を与えた。

恐怖や不安から、新たな妖が生まれる。領地はさらに荒れる。

鳥神の領地が元通りの平和なものになるまでは、時間がかかることだろう。

「そして愛する我が妻に無体を強いたことはきっちり償ってもらう。覚悟しておけ」

地鳴りのような低い声で脅され、喬牙は泣きそうな顔で土下座した。

「この娘にも鉄槌を下したいところだ。娘の両親にもな」

威月は蔑むような顔で穂香を見下ろす。

そのまま噛みついて頭蓋骨を砕きそうな顔をしていたので、紗那は必死にとめた。

「そんなことしていただかなくて大丈夫ですから！」

「そうか。やはりそなたは優しいな。そなたが望まぬのなら放っておこう」

威月は紗那の頭を撫でる。

そして今度こそ喬牙と穂香に背を向け、狼の姿に変わる。

大きな口で紗那の襟元を咥えると、首を振ってひょいと彼女を自分の背に乗せる。

「わあ！」

ぼすんと威月の背に落ちた紗那は、落とされないように必死でモフモフの背中にしがみつく。

「帰ろう」

威月はそう言うと、喬牙たちには目もくれず、夜空に舞い上がった。

上空から見て初めて、紗那は今までいたのが喬牙の社だったことを理解した。

（まさか地下牢があるなんて、思ってもみなかった）

紗那にとって、これから喬牙や吉岡一家がどうなるのかを想像するのは難しかった。

威月があれほど怒っているのは初めて見たからだ。

（きっと、ただじゃ済まない）

ひれ伏す喬牙の姿を思い出すと、なんとなく胸が重くなった。

「またこの道をそなたと行くことになろうとは」

威月の声が聞こえ、紗那は我に返る。

（そうだった）

再会したその日、威月は紗那を背に乗せ、喬牙の社から威月の領地までひとっとびしたのだった。

少し前のことなのに、すごく懐かしい気がした紗那は、ますます強く威月の背にしがみついた。

「あなたが迎えに来てくれてよかった」

あの日威月が紗那を迎えに来てくれたから、彼女は救われた。

存在を否定され続けた日々から抜け出すことができたのだ。

「そなたはお人好しすぎる。もう二度とあの一家に近づいてはならぬ」

説教されて、紗那は笑った。

威月は今さっき、紗那を救出したことに対してお礼を言われていると思っているらしい。

「なにがおかしい」

「いいえ、なにも」

吉岡夫妻にも、穂香にも、もう会うことはないだろう。

「もう騙されないように気をつけます」

この世には、どんなに頑張ったってわかり合えない人がいる。

紗那はきっぱり諦めがついた。

諦めがついたということは、今まで自分は、いつか吉岡一家とわかり合うことを期待していたのかもしれない。

でももう彼女は迷わない。

「私はこれからずっと、威月様と離れずに一緒にいます」
自分を大事にしてくれない人とは、さっぱりお別れしよう。
その代わり、自分を想ってくれる人たちはうんと大事にしなければ。
紗那が目を閉じると、双子や遺狼たちの姿が瞼の裏に浮かんだ。
「怒っているんじゃなかったのか」
紗那には威月の後頭部しか見えない。
ぼそっと言った彼が、どんな表情をしているか、紗那にはわからなかった。
「怒っていません」
威月が求めていたのは前世の自分だったと思うと、ショックで悲しくなった。
しかし、今はもうそんなことは紗那にとってどうでもよくなっていた。
(前世も含めて、私は私だもの)
前世の自分がいて、今の自分もいる。
(紹子さんの魂を引き継いでいるから、私も威月様を好きになったのかもしれない)
威月はずっと同じ魂の自分を愛してくれている。
自分も、前世からずっと威月の魂を追い求めている。
そんなに深い愛情があるだろうかと、今は思えた。

紗那は威月の背に頬を寄せた。

威月は、しばらく黙っていた。


神世の入り口に着くと、威月は優しく紗那を地上に下ろした。

ぶるると身を震わせた彼は、次の瞬間人の姿になる。

紗那が大岩に向かって鳥居をくぐろうとすると、彼はきゅっと彼女の手を引いた。

足をとめた紗那の身体を、威月は優しく抱き寄せた。

「紗那、もう一度ちゃんと言わせてくれ」

「えっ、なにをですか？」

紗那が聞き返すと、威月は少し体を離し、彼女の目を覗き込む。

「そなたの存在に気づいたのは、紹子と同じ目をしていたから。紹子の魂を引き継いでいるからだ。それは否定しない」

大きな手が紗那の頬を撫でる。

「だが、我は嘘は言っていない。我はそなたを愛しておる。どこまでもお人好しで、どんなに裏切られていても相手を庇ってしまう、そんなそなたをだ」

「威月様……」

「我の妻になってくれるか」

威月は紗那の手を取り、そっとその甲に口づけを落とす。

紗那は胸の奥がじんと温まるのを感じた。

彼は紹子のことだけでなく、ちゃんと自分も見てくれている。

そんな当たり前のことに、紗那は気づいていなかった。

(自分に自信がなかったから、威月様を信用できなかった)

幼い頃から自分はこの世にいらない存在だと刷り込まれてきたから、誰かの代わりになるのが苦痛だった。

自分は自分として、誰かに愛されたかった。

紹子も自分の一部だと気づけば、苦痛はなにもない。

「はい、もちろん」

誰か、ではない。

紗那は今、威月に愛されたい。

こっくりとうなずいた紗那が顔を上げる。

威月は満足そうに微笑み、どちらからともなく唇を合わせた。

終章

威月の社は今日も朝からにぎやかだ。

「紗那あ、これはここでいい？」

麦がパンを入れたかごをテーブルに置く。

「うん、ありがとう」

カウンターキッチンに、ダイニングテーブル。

和風の社に完全ミスマッチのそこに、いつもの四人が集まっていた。

「さあ、朝ごはんにしよう」

紗那がサラダボウルをテーブルに運ぼうとすると、横からサッとそれを攫われた。

「我が運ぶ。そなたはムリをするな」

威月はボウルを抱え、術を使って他の皿やコップなどをすいすいと移動する。

「それくらいできるのに」

「いいや、ムリをしてはならぬ」

威月は頑《かたく》なに、紗那に働かせようとはしない。

それもそのはず、今紗那は威月の子をその身に宿しているのだ。

喬牙に誘拐された事件から、はや半年。

あのあと喬牙は神籍から除籍され、自然霊として野に放たれた。

除籍された神は領地を失う。

領地を失った神は、自然霊となるのだ。

妻たちは離縁され、普通の人間の寿命に戻る。

もともといた妻たちは、別の神の元へ下働きに行くことになった。

穂香は嫁いで間もなく、実家もあり両親も存命なので、元いた家に帰された。

吉岡家は世間の冷たい目にさらされ、自ら学園を離れていったという。

神を神でなくしてしまうというのは少々厳しすぎる気もするが、鳥神の領地を穢し、紗那を害そうとしたことは、根源主の怒りに触れた。

威月から報告を受けた根源主が、喬牙の処分を決めたのだ。

もちろん、これですべてが丸くおさまったわけではない。

自然霊となったものが数年経って妖になってしまうケースも多いのだ。

ちなみに祟り神は、神籍があるにも関わらず、様々な事情で祟りになってしまった神のことである。

喬牙はもともと、呪いから生まれた神だった。

数百年も昔、人が他人を呪うために飼い犬の首を切り、土に埋めた。

その上をたくさんの人が通り、犬は狗神になるという呪術が古《いにしえ》よりあるのだ。

喬牙はそうして生まれた狗神だったが、今まで人に害をなすことがなく、むしろ人を助けてきたので、よき神として存在することを許されていた。

そんな彼が呪いに変わってしまうことを紗那は恐れている。

『あやつは呪具を使うべきではなかった。もともと呪いだったものが他の強い呪いを得て、その力に翻弄されてしまったのだろう』

威月はそう言っていた。

ならばその呪具だけを消滅させればいいのでは、と紗那は思ったが、神が自分の力ではない呪術に頼ること自体がタブーらしい。

呪具は根源主に渡したので、もう俗世に戻ることはないだろう。

紗那としては、喬牙が安らかに過ごしていることを願うばかりだ。

『しかし、吉岡一家の処分がぬるすぎる』

威月は喬牙のことよりもそちらのほうが気になるようだった。

根源主は人間のことには関与しないので、実家に帰ることにしたのは穂香の意思だったのだろう。

威月からすれば、彼らは妻を共謀して誘拐し、殺害まで企んだ大罪人だ。

俗世の法で裁かれればいいと思っていたようだが、紗那はそれを望まなかった。

そんなことをしても彼らは紗那のことを逆恨みするだけで、自分たちの行いを反省したりはしないだろう。

そう言った紗那に、威月はしぶしぶうなずいたのだった。

学園から出ていったあと、彼らがどうなったか紗那には知る術もない。

だが嫁いだ神が罪を犯して除籍され離縁し、実家に帰ってきた穂香に浴びせられる視線は相当冷たいものだろう。

あのとき、威月は穂香の傷を塞いで命を取り留めさせたが、ただ塞いだだけなので傷跡は今も残っていると思われる。

自己愛の強い彼女にとって、それだけでもすでに大きな罰を受けているのと同じだ。

紗那はそう思っていた。

とにかく、喬牙と穂香の一件が片付いてから、威月の社は平穏を取り戻した。

まだ各地にいる妖や祟り神の影響による相談はあとを絶たないが、それを聞くのは高位の神である義務でもある。

他の神から相談を受け、その領地へ威月が赴く際には、紗那も必ずついていく。

危ない目に遭うこともあったが、そのたびに威月がきっちり守ってくれる。

紗那は紗那で、だいぶうまく力を使えるようになってきた。なので、守られるだけでなく、威月の補助もできるようになっている。

そんな日々の中、紗那は懐妊した。

なんとなくだるいな——紗那としてはそれくらいの感覚だったが、異変を察知した威月がすぐに医神《いかみ》を呼び、懐妊が発覚したのである。

「無事に生まれるまで油断してはならぬ」

「わかってます。重いものを持ったりはしません」

神の子も人の子と同じように、母親の腹の中で育つ。

母体に起きる変化も、だいたい人の子を孕んだ場合と同じ。

神に守られた妻は無事に出産できることがほとんどだが、そうでない場合も皆無ではない。

というわけで、威月は紗那の身体を気遣いすぎ、口うるさくなっていた。

妊娠三ヶ月で、紗那の腹部は人の臨月くらい大きくなっている。

胎動もしっかり感じ、中からぽこぽこと蹴られているのもわかる。

紗那も威月も、子供の誕生を心待ちにしていた。

「いただきまーす！」

双子が元気よく挨拶をし、和やかな朝食の時間が始まった……はずだった。

「あ、いたた……」

突然腹を押さえて唸る紗那に、他の三人が目をむいた。

「大丈夫か、紗那」

「ええ、なんでしょう。突然おなかが張って……いたたたた」

紗那は今までにない腹部の張りを感じた。

「赤ちゃん生まれる？」

「生まれるんじゃない？」

双子が心配そうに覗き込む。

威月は軽々と紗那を横抱きにし、部屋から飛び出た。

「産婆を呼んで来い！　早く！」

「はいっ」

一緒に飛び出した双子が狼の姿になって飛んでいく。人の姿で走っていくより、よほど早い。

威月は紗那を抱いて寝室へ急ぐ。

褥に横たわらせ、苦しそうな額を撫でてやった。

紗那の口からは「痛い」しか出てこない。

腹部の張りと下腹部の痛みが波のように寄せては引いていく。その間隔がだんだん狭くなってきた。

内臓をぞうきん絞りされるような痛みに耐える紗那の額に、玉の汗が浮く。

「生まれそうか」

威月が問うと、紗那は口を結んだままうなずいた。

悲鳴を上げまいとしているのだろう。威月はそんな紗那を見ているだけでなにもできない自分がもどかしかった。

「失礼しますえ！」

突然襖が開き、雌の遺狼たちがどやどやと入ってきた。

「あんたたちは入るんじゃない！」

ひと際高齢の遺狼は白い着物にたすきがけをし、白い鉢巻きを巻いていた。彼女が産婆だ。

彼女に大声を出され、部屋に入ろうとしていた双子はひえっとあとずさった。

他の遺狼たちは産婆の指示に従い、てきぱきと湯の入ったたらいや布などを用意する。

「主様も出ていっておくんなまし」

「我もか。我は父親ぞ」

「生むのは奥方様でごぜえます。ここでは主様は役立たず、いえ足手纏いでごぜえますから」

威月は閉口した。

産婆の言い方にはトゲがあるが、たしかにそうだなと思ったのである。

しかし紗那は、苦しげに首を横に振った。

「もし、嫌でなければ、一緒にいてほしいです」

「紗那……」

「殿方はなんも役に立たねえですよ」

産婆がふたりの間に割って入ったが、紗那はまたふるふると首を振る。

「いてくれるだけで、心強いです」

紗那の言葉に、威月はうなずく。

他の遺狼たちも「おふたりは本当に仲睦まじいの。なあ婆さんや、ムリに引きはがすことはあるめえ」と産婆を説得した。

「しゃあない。奥方の踏ん張る顔に幻滅してもおらの責任ではねえからな」

呆れたように吐き捨てた産婆だが、紗那は想像して少しだけ笑ってしまった。

「お傍を離れないと誓いましたので」

「そうですかい。んだば無駄口はこれくらいにして、ここからはお産に全集中してくだせえましよ」

ぴしゃりと寝室の襖が閉められる。

廊下には社じゅうの遺狼が集まり、御子の誕生を今か今かと待ち構えていた。

やがて紗那のうめき声が響いてきて、双子は顔を青くする。

「紗那、苦しそう」

「死んじゃわない？」

麦がちょうど近くにいた梅子に話しかけると、彼女はにこりと笑った。

「大丈夫。母親ってのは強いもんよ」

そう話している間に、「産まれた！」と産婆のしゃがれた声が皆に聞こえた。

おおっと歓声が上がる前に、また紗那のうめき声が響く。それが三回続き、おさまると、やっと静かになった。

うめき声も産婆の指示する大声も聞こえなくなり、廊下は不吉な静寂に包まれる。

「どうしたんだろう……」

人の赤ん坊は産声を上げると聞いていた双子は、不安になる。

しかししばらくすると、すっと襖が開いて産婆が出てきた。

「皆の者、よく聞け」

産婆は疲れきった様子で、顔を上げた。

「三柱のかわいい御子がお生まれになった。奥方様も御子も皆さまご無事じゃ」

「やったー！」

静かにしていた双子は産婆の話を聞いて顔を見合わせ、手を合わせて喜び合った。

ぴょこぴょこと飛び跳ねる様子に、周囲の遺狼たちも盛り上がる。

「おおっ」

「よかった！　本当によかった！」

「めでたい！　宴会じゃ！　いや、八百万の神に伝えるのが先か？」

にわかに沸き立つ廊下に、産婆の「しーっ」という息の音がした。

「奥方様はお疲れじゃ。今日は静かに休ませてやるのじゃ」

双子を筆頭に、集まっていた遺狼たちはこくりとうなずき、それぞれの持ち場に戻っていった。

数ヶ月後。

紗那は威月との間に授かった三つ子を追いかけていた。

「待ってー!」

子供と言っても紗那の腹から出てきたのは人間の赤ちゃんではなく、子犬のような小さな狼だった。

彼らもゆくゆくは麦と夜や、威月のように人型になることもできるようになるという。

ふわふわでコロコロした子犬のような狼たちは、紗那の静止など聞かず、それぞれ好きな方向へ走っていく。

人間の子供より成長が早い彼らは、足も速い。

あっちへこっちへ走り回り、家具に乗り、置いてあるものをなぎ倒し、襖に飛び込んで穴を開ける。

「あー! 麦、そっちに行った!」

「夜の足の間通ってる!」

「もう！　捕まえられないよ！」

どうせ走るなら、広い庭を走り回ればなんの問題もない。

しかし三つ子は社の中を縦横無尽に駆け回っていた。

応援に駆けつけた夜と麦も追いつけない。というか、ふわふわの小さな体でみんなの手をすり抜けていくのだった。

自由に遊ばせてやりたいが、紗那としては三つ子が怪我をしないか、気が気ではない。

紗那が力尽きてふらつくと、その背中をふんわりとしたものが包んだ。

「威月様」

「苦戦しておるようだな」

紗那を支えたのは、狼の姿の威月だった。

彼が現れると、三つ子はぴたりと走るのをやめ、いそいそと近づいてきた。

「おかえりなさい、主様」

夜と麦がその後ろをついてくる。

「あまり母を困らせるでない。庭で遊ぶのだ」

言葉が通じているのかいないのか、三つ子は尻尾をぶんぶん振りながら威月の足元をちょろちょろ動き回っている。

「仕方ない」

紗那が座ったのを見ると、威月が庭に出た。すると三つ子もあとを追い、縁側からコロコロと転がるように庭に出る。

「主様の言うことは聞くんだよなあ」

「そりゃそうよ。父親だもの」

威月と三つ子が追いかけっこをするのを、紗那は微笑んで見つめた。

毎日忙しくて大変だけど、ここには味方がいっぱいいる。

遺狼たちもやんちゃな三つ子に手を焼いていた。社のみんなで協力して彼らを育てている。

遊び疲れた三つ子は、体を拭くとすぐに眠ってしまった。

寝室で紗那と威月は三つ子を挟んで横になる。

「かわいいですね」

紗那は横になったまま、目を細める。

「うむ。本当に」

威月は愛おしそうに、三つ子の体を順番に優しく撫でる。

「紗那、知っているか」

「はい？」

「多夫多妻の犬とは違い、狼はひとりの番と一生を添い遂げる。紗那、我にはこの先ずっと、そなたひとりだ」

紗那は閉じかけていた目を大きく開き、威月を見つめた。

「ええ。もうあなたをひとりにはしません」

紗那が紹子であったとき、威月を置いて先に死んでしまった。

あのときどれだけ心が苦しかったか。

しかし、紗那はまた威月に巡り会うことができた。

初恋の人は、前世からずっと探し求めていた人だったのだ。

「絶対に離さぬからな」

威月は体を起こし、紗那に口づける。

紗那はその頬を撫で、にっこりと微笑んだ。


【終】

あとがき

はじめての方ははじめまして。お久しぶりの方はお久しぶりでございます。

このたびは本作をお手に取ってくださり、ありがとうございます。

今回は自分史上かなり久しぶりの和風ファンタジーでございます。

今まで明治や大正を舞台にした作品などでさんざん苦労してきたのに、なぜ和風ファンタジーに手を出してしまったのか……。

現代ものよりも細かい設定が多く、めまいがしました。担当様も編集部様もチェックするのが相当大変だったことと思います。

小説を書くというのは辻褄《つじつま》を合わせる作業です。それはとうの昔から知っているのだけど、今回は特に大変でした。

絶対に自分だけではちゃんと書き上げられなかっただろうなと思います。

さて、執筆の苦労はこれくらいにして、作品のことを少しお話ししましょう。

ファンタジーを書くにあたっても、主軸は恋愛。するとヒーローはハイスペックなイケメンでなくてはなりませんね。

というわけでヒーローは「地位の高い神様」ということはすぐ決まったのですが、なんの神様にするかでまず迷いました。

地元に有名な稲荷《いなり》神社があるので狐の神様はどうかななんて思っていましたが、「狼は一生一匹のパートナーと添い遂げるそうですよ」と助言をいただき、「それいいですね！」と食いついて狼の神様に決まりました。

ちょっとおじいちゃんっぽい話し方をする神様ヒーローでしたが、いかがだったでしょうか。私は大好きです。

作中に出てきた神様たちそれぞれの物語も想像すると楽しいですね。薬の神様とか、鳥の神様とか、龍神様のその後とか。

皆様にもあれこれ想像を巡らせていただき、楽しんでいただけたら幸いです。

最後になりましたが、表紙イラストを描いてくださったうすくち様、マーマレード文庫編集部の皆様、担当様、この作品に関わってくださったすべての方に御礼申し上げます。

そしてこのお話を最後まで読んでくださった皆様。楽しいひとときを過ごすお手伝いはできましたでしょうか。ずっとお元気でいてくださいね。

令和六年七月吉日　真彩《まあや》-mahya-

マーマレード文庫

異能持ち薄幸少女の最愛婚

～狼神様の前世から続く溺愛で、三つ子ごと幸せな花嫁になるまで～

2024年7月15日　第1刷発行　定価はカバーに表示してあります

著者　真彩-mahya-　©MAHYA 2024
編集　株式会社エースクリエイター
発行人　鈴木幸辰
発行所　株式会社ハーパーコリンズ・ジャパン
東京都千代田区大手町1-5-1
電話　04-2951-2000（注文）
0570-008091（読者サービス係）
印刷・製本　中央精版印刷株式会社

ISBN-978-4-596-96124-2

m a r m a l a d e b u n k o